Theodor Storm

Weihnachtsgeschichten

Herausgegeben
von
Ingwert Paulsen jr.

Husum

Umschlagbild: Hans Peter Feddersen, „Häuser im Schnee"
(Abdruck mit freundlicher Erlaubnis der Kunsthalle zu Kiel)

Die Deutsche Bibliothek — CIP-Einheitsaufnahme

Storm, Theodor:
Weihnachtsgeschichten / Theodor Storm. Hrsg. von Ingwert
Paulsen jr. — 9. Aufl. — Husum : Husum, 1995
 (Husum-Taschenbuch)
 ISBN 3-88042-061-0
NE: Paulsen, Ingwert [Hrsg.]; Storm, Theodor: [Sammlung]

9. Auflage 1995

© 1978 by Husum Druck- und Verlagsgesellschaft mbH u. Co. KG,
 Husum

Gesamtherstellung:
Husum Druck- und Verlagsgesellschaft,
Postfach 1480, D-25804 Husum
ISBN 3-88042-061-0

Zum Weihnachten

Mit Märchen

Mädchen, in die Kinderschuhe
Tritt noch einmal mir behend!
Folg mir durch des Abends Ruhe,
Wo der dunkle Taxus brennt.

Engel knien an der Schwelle,
Hütend bei dem frommen Schein;
Von den Lippen klingt es helle:
Nur die Kindlein gehen ein!

Doch du schaust mich an verwundert,
Sprichst: „Vertreten sind die Schuh;
Unter alt vergeßnem Plunder
Liegt die Puppe in der Truh'."

Horch nur auf! Die alten Märchen
Ziehn dich in die alte Pracht!
Wie im Zauberwald das Pärchen
Schwatzen wir die ganze Nacht.

Von Schneewittchen bei den Zwergen,
Wo sie lebte unerkannt
Und war hinter ihren Bergen
Doch die Schönst' im ganzen Land.

Von Hans Bärlein, der im Streite
Einen Riesenritter schlug,
Der die Königstochter freite,
Endlich gar die Krone trug.

Von dem Dichter auch daheime,
Der ein Mädchen, groß und schlank,
Durch die Zauberkraft der Reime
Rückwärts in die Kindheit sang.

Unter dem Tannenbaum

1

Eine Dämmerstunde

Es war das Arbeitszimmer eines Beamten. Der Eigentümer, ein Mann in den Vierzigern, mit scharf ausgeprägten Gesichtszügen, aber milden, lichtblauen Augen, unter dem schlichten, hellblonden Haar, saß an einem mit Büchern und Papieren bedeckten Schreibtisch, damit beschäftigt, einzelne Schriftstücke zu unterzeichnen, welche der danebenstehende alte Amtsbote ihm überreichte. Die Nachmittagssonne des Dezembers beleuchtete eben mit ihrem letzten Strahl das große schwarze Dintenfaß, in das er dann und wann die Feder tauchte. Endlich war alles unterschrieben.

„Haben Herr Amtsrichter sonst noch etwas?" fragte der Bote, indem er die Papiere zusammenlegte.

„Nein, ich danke Ihnen."

„So habe ich die Ehre, vergnügte Weihnachten zu wünschen."

„Auch Ihnen, lieber Erdmann."

Der Bote sprach einen der mitteldeutschen Dialekte; in dem Tone des Amtsrichters war etwas von der Härte jenes nördlichsten deutschen Volksstammes, der vor wenigen Jahren, und diesmal vergeblich, in einem seiner alten Kämpfe mit dem fremden Nachbarvolk geblutet hatte. — Als sein Untergebener sich entfernte, nahm er unter den Papieren einen angefangenen Brief hervor und schrieb langsam daran weiter.

Die Schatten im Zimmer fielen immer tiefer. Er sah nicht die schlanke Frauengestalt, die hinter ihm mit leisen Schritten durch die Tür getreten war; er bemerkte es erst, als sie den Arm um seine Schulter legte. — Auch ihr Antlitz war nicht mehr jung; aber in ihren Augen war noch jener Ausdruck von Mädchenhaftigkeit, den man bei Frauen, die sich geliebt wissen, auch noch nach der ersten Jugend findet. „Schreibst du an meinen Bruder?" fragte sie, und in ihrer Stimme, nur etwas mehr gemildert, war dieselbe Klangfarbe wie in der ihres Mannes.

Er nickte. „Lies nur selbst!" sagte er, indem er die Feder fortlegte und zu ihr emporsah.

Sie beugte sich über ihn herab; denn es war schon dämmerig geworden. So las sie, langsam wie er geschrieben hatte:

„Ich bin wieder gesund und arbeitsfähig — glücklicherweise; denn das ist die Not der Fremde, daß man den Boden, worauf man steht, sich in jeder Stunde neu erschaffen muß. So schlecht es immer sein mag, darin habt Ihr es doch gut daheim; und wer wäre nicht gern geblieben, wenn er nur ein Stück Brot und jenes unentbehrliche „sanfte Ruhekissen" des alten Sprichworts sich hätte erhalten können."

Sie legte schweigend die Hand auf seine Stirn, während er, der ihren Augen gefolgt war, das Blatt umwandte. Dann las sie weiter:

„Der guten und klugen Frau, die Du vorige Weihnachten bei uns hast kennenlernen, bin ich so glücklich gewesen, durch die Vermittlung eines Vergleichs mit ihrem Gutsnachbarn, einen wirklichen Dienst zu leisten; der schöne, so sehr von ihr begehrte Wald ist seit kurzem endlich in ihren Besitz gelangt. Hätten wir morgen für Deinen Freund Harro nur eine Tanne aus diesem Walde; denn hier ist viele Meilen in die Runde kein Nadelholz zu finden. Was aber ist ein Weihnachtabend ohne jenen Baum mit seinem Duft voll Wunder und Geheimnis!"

„Aber du", sagte der Amtsrichter, als seine Frau gelesen hatte, „du bringst in deinen Kleidern den Duft des echten Weihnachtabends!"

Sie langte lächelnd in den Schlitz ihres Kleides und legte ein großes Stück braunen Weihnachtskuchen vor ihm auf den Tisch. „Sie sind eben vom Bäcker gekommen", sagte sie, „probier nur; deine Mutter backt sie dir nicht besser!"

Er brach einen Brocken ab und prüfte ihn genau; aber er fand alles, was ihn als Knaben daran entzückt hatte; die Masse war glashart, die eingerollten Stückchen Zucker wohl zergangen und kandiert. „Was für gute Geister aus diesem Kuchen steigen", sagte er, sich in seinen Arbeitsstuhl zurücklehnend; „ich sehe plötzlich, wie es daheim in dem alten steinernen Hause Weihnacht wird. — Die Messingtürklinken sind wo möglich noch blanker als sonst; die große gläserne Flurlampe leuchtet heute noch heller auf die Stuckschnörkel an den sauber geweißten Wänden; ein Kinderstrom um den andern, singend und bettelnd, drängt durch die Haustür; vom Keller herauf aus der geräumigen Küche zieht der Duft des Gebäckes in ihre Nasen, das dort in dem großen kupfernen Kessel über dem Feuer prasselt. — Ich sehe alles; ich sehe Vater und Mutter — Gott sei gedankt, sie leben beide! Aber die Zeit, in die ich hinabblicke, liegt in so tiefer Ferne der Vergangenheit! — —

7

Ich bin ein Knabe noch! — Die Zimmer zu beiden Seiten des Flurs sind erleuchtet; rechts ist die Weihnachtsstube. Während ich vor der Tür stehe, horchend, wie es drinnen in dem Knittergold und in den Tannenzweigen rauscht, kommt von der Hoftreppe herauf der Kutscher, eine Stange mit einem Wachslichtendchen in der Hand. — ‚Schon anzünden, Thoms?' Er schüttelt schmunzelnd den Kopf und verschwindet in die Weihnachtsstube. — Aber wo bleibt denn Onkel Erich? — — Da kommt es draußen die Treppe hinauf; die Haustür wird aufgerissen. Nein, es ist nur sein Lehrling, der die lange Pfeife des ‚Herrn Ratsverwandters' bringt; ihm nach quillt ein neuer Strom von Kindern; zehn kleine Kehlen auf einmal stimmen an: ‚Vom Himmel hoch, da komm ich her!' Und schon ist meine Großmutter mitten zwischen ihnen, die alte, geschäftige Frau, den Speisekammerschlüssel am kleinen Finger, einen Teller voll Gebäckes in der Hand. Wie blitzschnell das verschwindet! Auch ich erwische mein Teil davon, und eben kommt auch meine Schwester mit dem Kindermädchen, festlich gekleidet, die langen Zöpfe frisch geflochten. Ich aber halte mich nicht auf; ich springe drei Stufen auf einmal die Treppe nach dem Hofe hinab."

Es war allmählich dunkel geworden; die Frau des Amtsrichters hatte leise einen Aktenstoß von einem Stuhl entfernt und sich an die Seite ihres Mannes gesetzt.

„Drüben in dem Seitengebäude ist das Arbeitszimmer meines Vaters. Auf die Vordiele dort fällt heute kein Lichtschein aus dem Türfenster der Schreiberstube; der alte Tausendkünstler ist von meiner Mutter drinnen bei den Weihnachtsgeheimnissen angestellt. Aber ich tappe mich im Dunkeln vorwärts; denn gegenüber in seinem Zimmer höre ich die Schritte meines Vaters. Er arbeitet schon nicht mehr. Ich öffne leis die Tür; wie deutlich sehe ich ihn vor mir, ihn selbst und das große verräucherte Gemach, in dem der harte Schlag der alten Wanduhr pickt! Mit einer feierlichen Unruhe geht er zwischen den mit Papieren bedeckten Tischen umher, in der einen Hand den Messingleuchter mit der brennenden Kerze, die andere vorgestreckt, als solle jetzt alles Störende ferngehalten werden. Er öffnet die Schublade seines kleinen Stehpults und nimmt die große goldene Tabatiere aus der Fischhautkapsel, einst ein Geschenk der Urgroßmutter an ihren Bräutigam, dann nach des Urgroßvaters Tode eine Ehren- und Vertrauensgabe an ihn. Aber er ist noch nicht fertig; aus dem Geldkörbchen werden blanke Silbermünzen für die Dienstboten hervorgesucht, eine Goldmünze für den Schreiber. ‚Ist Onkel Erich schon da?‘ fragt er, ohne sich nach mir umzusehen. — ‚Noch nicht, Vater! Darf ich ihn holen?‘ — ‚Das könntest du ja tun.‘ Und fort renne ich durch das Wohnhaus auf die Straße, um die Ecke am Hafen entlang, und während ich drunten aus der Dämmerung das Pfeifen des Windes in den Tauen der Schiffe höre, habe ich das alte Giebelhaus mit dem Vorbau erreicht. Die Tür wird aufgerissen, daß die Klingel weithin durch Flur und Pesel schallt. — Vor dem Ladentisch steht der alte Kommis, der das Detailgeschäft leitet. Er sieht mich etwas grämlich an. ‚Der Herr ist in seinem Kontor‘, sagt er trocken; er liebt die wilde naseweise Range nicht. Aber, was geht's mich an. — Fort mach ich hinten zur Hoftür hinaus, über zwei kleine finstere Höfe, dann in ein uraltes seltsames Nebengebäude, in welchem sich das Allerheiligste des Onkels befindet. Ohne Unfall komme ich durch den engen dunkeln Gang und klopfe an eine Tür. — ‚Herein!‘ Da sitzt der kleine Herr in dem feinen braunen Tuchrock an seinem mächtigen Arbeitspult; der Schein der Kontorlampe fällt auf seine freundlichen kleinen Augen und auf die mächtige Familiennase, die über den frischgestärkten Vatermördern hinausragt. — ‚Onkel, ob du nicht kommen wolltest?‘ sage ich, nachdem ich Atem geschöpft habe. — ‚Wollen wir uns noch einen Augenblick setzen!‘ erwidert er, indem seine Feder summierend über das Folium des aufgeschlagenen Hauptbuchs hinabgleitet. — Mir wird ganz behaglich zu Sinne, ich werde nicht ein bißchen ungeduldig; aber ich setze mich auch nicht; ich bleibe stehen und besehe mir die Englands- und Westindienfahrer des Onkels, deren Bilder an der Wand hängen. Es dauert auch nicht lange, so wird das Hauptbuch herzhaft zugeklappt, das Schlüsselbund rasselt, und: ‚Sieh so‘, sagt der Onkel, ‚fertig wären wir!‘ Während er sein spanisches Rohr aus der Ecke langt, will ich schon wieder aus der Tür; aber er hält mich zurück. ‚Ah, wart doch mal ein wenig! Wir hätten hier wohl noch so etwas mitzunehmen.‘ Und aus einer dunkeln Ecke des Zimmers holt er zwei wohlversiegelte, geheimnisvolle Päckchen. — Ich wußte es wohl, in solchen Päckchen steckte ein Stück leibhaftigen Weihnachtens; denn der Onkel hatte einen Bruder in Hamburg, und er trat nicht mit leeren Händen an den Tannenbaum. So nie gesehenes, märchenhaftes Zuckerzeug, wie er mitten in der Bescherung noch mir und meiner Schwester auf unsere Weihnachtsteller zu legen pflegte, ist mir später niemals wieder vorgekommen.

9

Bald darauf steige ich an der Hand des Onkels die breite Steintreppe zu unserm Hause hinauf. Ein paar Augenblicke verschwindet er mit seinen Päckchen in die Weihnachtsstube; es ist noch nicht angezündet, aber durch die halbgeöffnete und rasch wieder geschlossene Tür glitzert es mir entgegen aus der noch drinnen herrschenden ahnungsvollen Dämmerung. Ich schließe die Augen, denn ich will nichts sehen, und trete in das gegenüberliegende, festlich erleuchtete Zimmer, das ganz von dem Duft der braunen Kuchen und des heute besonders fein gemischten Tees erfüllt ist. Die Hände auf dem Rücken, mit langsamen Schritten geht mein Vater auf und nieder. ‚Nun, seid ihr da?' fragt er stehenbleibend. — Und schon ist auch Onkel Erich bei uns; mir scheint, die Stube wird noch einmal so hell, da er eintritt. Er grüßt die Großmutter, den Vater; er nimmt meiner Schwester die Tasse ab, die sie ihm auf dem gelblackierten Brettchen präsentiert. ‚Was meinst du', sagt er, indem er seinen Augen einen bedenklichen Ausdruck zu geben sucht, ‚es wird wohl heute nicht viel für uns abfallen!' Aber er lacht dabei so tröstlich, daß diese Worte wie eine goldene Verheißung klingen. Dann, während in dem blanken Messingkomfort der Teekessel saust, beginnt er eine seiner kleinen Erzählungen von den Begebenheiten der letzten Tage, seit man sich nicht gesehen. War es nun der Ankauf eines neuen Spazierstocks oder das unglückliche Zerbrechen einer Mundtasse, es floß alles so sanft dahin, daß man ganz davon erquickt wurde. Und wenn er gar eine Pause machte, um das bisher Erzählte im behaglichsten Gelächter nachzugenießen, wer hätte da nicht mitgelacht! Mein Vater nimmt vergeblich seine kritische Prise; er muß endlich doch mit einstimmen. Dies harmlose Geplauder — es ist mir das erst später klargeworden — war die Art, wie der tätige Geschäftsmann von der Tagesarbeit ausruhte. Es klingt mir noch lieb in der Erinnerung, und mir ist, als verstünde das jetzt niemand mehr. — Aber während der Onkel so erzählt, steckt plötzlich meine Mutter, die seit Mittag unsichtbar gewesen ist, den Kopf ins Zimmer. Der Onkel macht ein Kompliment und bricht seine Geschichte ab; die Tür und die gegenüberliegende Tür werden weit geöffnet. Wir treten zögernd ein; und vor uns, zurückgestrahlt von dem großen Wandspiegel, steht der brennende Baum mit seinen Flittergoldfähnchen, seinen weißen Netzen und goldenen Eiern, die wie Kinderträume in den dunkeln Zweigen hängen." — —

„Paul", sagte die Frau, „und wenn wir ihn noch so weit

herbeischaffen sollten, wir müssen wieder einen Tannenbaum
haben. Der arme Junge hat sich selbst einen Weihnachtsgarten
gebaut; er ist nur eben wieder fort, um Moos aus dem Eichen-
wäldchen zu holen."

Der Amtsrichter schwieg einen Augenblick. — „Es tut nicht
gut, in die Fremde zu gehen", sagte er dann, „wenn man daheim schon am eigenen Herd gesessen hat. — Mir ist noch
immer, als sei ich hier nur zu Gaste und morgen oder übermorgen sei die Zeit herum, daß wir alle wieder nach Hause
müßten!"

Sie faßte die Hand ihres Mannes und hielt sie fest in der
ihrigen, aber sie antwortete nichts darauf.

„Gedenkst du noch an einen Weihnachten?" hub er wieder
an. „Ich hatte die Studentenjahre hinter mir und lebte nun
noch einmal, zum letzten Mal, eine kurze Zeit als Kind im
elterlichen Hause. Freilich war es dort nicht mehr so heiter, wie
es einst gewesen; es war Unvergeßliches geschehen, die alte
Familiengruft unter der großen Linde war ein paarmal offen
gewesen; meine Mutter, die unermüdlich tätige Frau, ließ oft
mitten in der Arbeit die Hände sinken und stand regungslos,
als habe sie sich selbst vergessen. Wie unsere alte Margret
sagte, sie trug ein Kämmerchen in ihrem Kopf, drin spielte
ein totes Kind. — Nur Onkel Erich, freilich ein wenig grauer
als sonst, erzählte noch seine kleinen freundlichen Geschichten,
und auch die Schwester und die Großmutter lebten noch. Damals war jener Weihnachtabend; ein junges schönes Mädchen
war zu der Schwester auf Besuch gekommen. Weißt du, wie
sie hieß?"

„Ellen", sagte sie leise und lehnte den Kopf an die Brust
ihres Mannes.

Der Mond war aufgegangen und beleuchtete ein paar Silber-
fäden in dem braunen seidigen Haar, das sie schlicht geschei-
telt trug, schmucklos in einer Flechte um den Schildpattkamm
gelegt.

Er strich mit der Hand über dies noch immer selten schöne
Haar. „Ellen hatte auch beschert bekommen", sprach er weiter; „auf dem kleinen Mahagonitische lagen Geschenke von
meiner Mutter und was von ihren Eltern von drüben aus dem
Schwesterland herübergeschickt war. Sie stand mit dem Rük-
ken gegen den brennenden Baum, die Hand auf die Tisch-
platte gestützt; sie stand schon lange so; ich sehe sie noch" —
und er ließ seine Augen eine Weile schweigend auf dem schönen Antlitz seiner Frau ruhen —, „da war meine Mutter un-

bemerkt zu ihr getreten; sie faßte sanft ihre Hand und sah ihr fragend in die Augen. — Ellen blickte nicht um, sie neigte nur den Kopf; plötzlich aber richtete sie sich rasch auf und entfloh ins Nebenzimmer. Weißt du es noch? Während meine Mutter leise den Kopf schüttelte, ging ich ihr nach; denn seit einem kleinen Zank am letzten Abend waren wir vertraute Freunde. Ellen hatte sich in der Ofenecke auf einen Stuhl gesetzt; es war fast dunkel dort; nur eine vergessene Kerze mit langer Schnuppe brannte in dem Zimmer. ,Hast du Heimweh, Ellen?' fragte ich. — ,Ich weiß es nicht!' — Eine Weile stand ich schweigend vor ihr. ,Was hast du denn da in der Hand?' — ,Willst du es haben?' — Es war eine Börse von dunkelroter Seide. ,Wenn du sie für mich gemacht hast', sagte ich; denn ich hatte die Arbeit in den Tagen zuvor in ihren Händen ge- sehen und wohl bemerkt, wie Ellen sie, sobald ich näher kam, in ihrem Nähkästchen verschwinden ließ. — Aber Ellen ant- wortete nicht und gab mir auch nicht ihr Angebinde. Sie stand auf und putzte das Licht, daß es plötzlich ganz hell im Zim- mer wurde. ,Komm', sagte sie, ,der Baum brennt ab, und Onkel Erich will noch Zuckerzeug bescheren!' Damit wehte sie sich mit ihrem Schnupftuch ein paarmal um die Augen und ging in die Weihnachtsstube zurück, und als wir dann später am Pochbrett saßen, war sie die Ausgelassenste von allen. Von meinem Weihnachtsgeschenk war weiter nicht die Rede. — Aber weißt du, Frau?" — und er ließ ihre Hand los, die er bis dahin festgehalten — „die Mädchen sollten nicht so eigen- sinnig sein; das hat mir damals keine Ruh gelassen; ich mußte doch die Börse haben, und darüber —"

„Darüber, Paul? — Sprich nur dreist heraus!"

„Nun, hast du denn von der Geschichte nichts gehört? dar- über bekam ich nun auch noch das Mädchen in Kauf."

„Freilich", sagte sie, und er sah bei dem hellen Mondschein in ihren Augen etwas blitzen, das ihn an das übermütige Mäd- chen erinnerte, das sie einst gewesen, „freilich weiß ich von der Geschichte, und ich kann sie dir auch erzählen; aber es war ein Jahr später, nicht am Weihnacht-, sondern am Neujahrs- abend, und auch nicht hüben, sondern drüben."

Sie räumte das Dintenfaß und einige Papiere beiseite und setzte sich ihrem Manne gegenüber auf den Schreibtisch. „Der Vetter war bei Ellens Eltern zum Besuch, bei dem alten präch- tigen Kirchspielvogt, der damals noch ein starker Nimrod war. — Ellen hatte noch niemals einen so schönen und langen Brief bekommen als den, worin der Vetter sich bei ihnen ange-

12

meldet; aber so gut wie mit der Feder wußte er mit der Flinte nicht umzugehen. Und dennoch, tat es die Landluft oder der schöne Gewehrschrank im Zimmer des Kirchspielvogts, es war nicht anders, er mußte alle Tage auf die Jagd. Und wenn er dann abends durchnäßt mit leerer Tasche nach Hause kam und die Flinte schweigend in die Ecke setzte — wie behaglich ergingen sich da die Stichelreden des alten Herrn! — ‚Das heißt Malheur, Vetter; aber die Hasen sind heuer alle wild geraten!' — Oder: ‚Mein Herzensjunge, was soll die Diana einmal von dir denken!' Am meisten aber — — du hörst doch, Paul?"

„Ich höre, Frau."

„Am meisten plagte ihn die Ellen; sie setzte ihm heimlich einen Strohkranz auf, sie band ihm einen Gänseflügel vor den Flintenlauf; eines Vormittags — weißt du, es war Schnee gefallen — hatte sie einen Hasen, den der Knecht geschossen, aus der Speisekammer geholt, und eine Weile darauf saß er noch einmal auf seinem alten Futterplatz im Garten, als wenn er lebte, ein Kohlblatt zwischen den Vorderläufen. Dann hatte sie den Vetter gesucht und an die Hoftür gezogen. ‚Siehst du ihn, Paul? dahinten im Kohl; die Löffel gucken aus dem Schnee!' — Er sah ihn auch; seine Hand zitterte. ‚Still, Ellen! Sprich nicht so laut! Ich will die Flinte holen!' Aber als kaum die Tür nach des Vaters Stube hinter ihm zuklappte, war Ellen schon wieder in den Schnee hinausgelaufen, und als er endlich mit der geladenen Flinte heranschlich, hing auch der Hase schon wieder an seinem sicheren Haken in der Speisekammer. — Aber der Vetter ließ sich geduldig von ihr plagen."

„Freilich", sagte der Amtsrichter und legte seine Arme behaglich auf die Lehne seines Sessels, „er hatte ja die Börse noch immer nicht!"

„Drum auch! Die lag noch unangerührt droben in der Kommode, in Ellens Giebelstübchen. Aber — wo die Ellen war, da war der Vetter auch; heißt das, wenn er nicht auf der Jagd war. Saß sie drinnen an ihrem Nähtisch, so hatte er gewiß irgendein Buch aus der Polterkammer geholt und las ihr daraus vor; war sie in der Küche und backte Waffeln, so stand er neben ihr, die Uhr in der Hand, damit das Eisen zur rechten Zeit gewendet würde. — So kam die Neujahrsnacht. Am Nachmittag hatten beide auf dem Hofe mit des Vaters Pistolen nach goldenen Eiern geschossen, die Ellen vom Weihnachtsbaum ihrer Geschwister abgeschnitten; und der Vetter hatte unter dem Händeklatschen der Kleinen zweimal das goldene Ei getroffen. Aber war's nun, weil er am andern Tage reisen mußte, oder war's,

weil Ellen fortlief, als er sie vorhin allein in ihrem Zimmer auf-
gesucht hatte — es war gar nicht mehr der geduldige Vetter —,
er tat kurz und unwirsch und sah kaum noch nach ihr hin. —
Das blieb den ganzen Abend so; auch als man später sich zu
Tische setzte. Ellens Mutter warf wohl einmal einen fragenden
Blick auf die beiden, aber sie sagte nichts darüber. Der Kirchspielvogt hatte auf andere Dinge zu achten, er schenkte den
Punsch, den er eigenhändig gebraut hatte; und als es drunten
im Dorfe zwölf schlug, stimmte er das alte Neujahrslied von
Johann Heinrich Voß an, das nun getreulich durch alle Verse
abgesungen wurde. Dann rief man ,Prost Neujahr!' und schüttelte sich die Hände, und auch Ellen reichte dem Vetter ihre
Hand; aber er berührte kaum ihre Fingerspitzen. — So war's
auch, da man sich bald darauf gute Nacht sagte. — Als das
Mädchen droben allein in ihrem Giebelstübchen war — und nun
merk auf, Paul, wie ehrlich ich erzähle! —, da hatte sie keine
Ruh zum Schlafen; sie setzte sich still auf die Kante ihres Bettes,
ohne sich auszukleiden und ohne der klingenden Kälte in der
ungeheizten Kammer zu achten. Denn es kränkte sie doch; sie
hatte dem Menschen ja nichts zuleid getan. Freilich, er hatte
sie gestern noch gefragt, ob sie den Hasen nicht wieder im Kohl
gesehen; und sie hatte dazu den Kopf geschüttelt. — War es
etwa das, und wußte er denn, daß er den Hasen schon vor drei
Tagen selbst hatte mit verzehren helfen? — — Sie wollte den
schönen Brief des Vetters einmal wieder lesen. Aber als sie in
die Tasche langte, vermißte sie den Kommodenschlüssel. Sie ging
mit dem Licht hinab in die Wohnstube und von dort, als sie ihn
nicht gefunden, in die Küche, wo sie vorhin gewirtschaftet hatte.
Von all dem Sieden und Backen des Abends war es noch warm
in dem großen dunkeln Raume. Und richtig, dort lag der Schlüs-
sel auf dem Fensterbrett. Aber sie stand noch einen Augenblick
und blickte durch die Scheiben in die Nacht hinaus. — So hell
und weit dehnte sich das Schneefeld; dort unten zerstreut lagen
die schwarzen Strohdächer des Dorfes; unweit des Hauses zwischen den kahlen Zweigen der Silberpappeln erkannte sie deutlich die großen Krähennester; die Sterne funkelten. Ihr fiel ein
alter Reim ein, ein Zauberspruch, den sie vor Jahr und Tag von
der Tochter des Schulmeisters gelernt hatte. Hinter ihr im Hause
war es so still und leer; sie schauerte; aber trotz dessen wuchs
in ihr das Gelüsten, es mit den unheimlichen Dingen zu ver-
suchen. So trat sie zögernd ein paar Schritte zurück. Leise zog
sie den einen Schuh vom Fuße, und die Augen nach den Sternen
und tief aufatmend, sprach sie: ,Gott grüß dich, Abendstern!'

14

— — Aber was war das? Ging hinten nicht die Hoftür? Sie trat ans Fenster und horchte. — Nein, es knarrte wohl nur die große Pappel an der Giebelseite des Hauses. — Und noch einmal hub sie leise an und sprach:

Gott grüß dich, Abendstern!
Du scheinst so hell von fern,
Über Osten, über Westen,
Über alle Krähennesten.
Ist einer zu mein Liebchen geboren,
Ist einer zu mein Liebchen erkoren,
Der komm, als er geht,
Als er steht,
In sein täglich Kleid!

Dann schwenkte sie den Schuh und warf ihn hinter sich. Aber sie wartete vergebens; sie hörte ihn nicht fallen. Ihr wurde seltsam zumute, das kam von ihrem Vorwitz! Welch unheimlich Ding hatte ihren Schuh gefangen, eh er den Boden erreicht hatte? — Einen Augenblick noch stand sie so; dann mit dem letzten Restchen ihres Mutes wandte sie langsam den Kopf zurück. — Da stand ein Mann in der dunkeln Tür, und es war Paul; er war richtig noch einmal auf den unglücklichen Hasen ausgewesen!"

„Nein, Ellen", sagte der Amtsrichter, „du weißt es wohl; das war er denn doch diesmal nicht; er hatte nur, wie du, auch keine Ruh gefunden; — aber nun hielt er den kleinen Schuh des Mädchens in der Hand; und Ellen hatte sich am Herd auf einen Stuhl gesetzt, mit geschlossenen Augen, die Hände gefaltet vor sich in den Schoß gestreckt. Es war kein Zweifel mehr, daß sie sich ganz verloren gab; denn sie wußte wohl, daß der Vetter alles gehört und gesehen hatte. — Und weißt du auch noch die Worte, die er zu ihr sprach?"

„Ja, Paul, ich weiß sie noch; und es war sehr grausam und wenig edel von ihm. ,Ellen', sagte er, ,ist noch immer die Börse nicht für mich gemacht?' — Doch Ellen tat ihm auch diesmal den Gefallen nicht; sie stand auf und öffnete das Fenster, daß von draußen die Nachtluft und das ganze Sterngefunkel zu ihnen in die Küche drang."

„Aber", unterbrach er sie, „Paul war zu ihr getreten, und sie legte still den Kopf an seine Brust; und noch höre ich den süßen Ton ihrer Stimme, als sie so, in die Nacht hinaus nickend, sagte: Gott grüß dich, Abendstern!"

15

Die Tür wurde rasch geöffnet; ein kräftiger, etwa zehnjähriger Knabe trat mit einem brennenden Licht ins Zimmer. „Vater! Mutter!" rief er, indem er die Augen mit der Hand beschattete. „Hier ist Moos und Efeu und auch noch ein Wacholderzweig!" Der Amtsrichter war aufgestanden. „Bist du da, mein Junge?" sagte er und nahm ihm die Botanisiertrommel mit den heimgebrachten Schätzen ab.

Frau Ellen aber ließ sich schweigend von dem Schreibtisch herabgleiten und schüttelte sich ein wenig wie aus Träumen. Sie legte beide Hände auf ihres Mannes Schultern und blickte ihn eine Weile voll und herzlich an. Dann nahm sie die Hand des Knaben. „Komm, Harro", sagte sie, „wir wollen Weihnachtsgärten bauen!"

2

Unter dem Tannenbaum

Der Weihnachtabend begann zu dämmern. — Der Amtsrichter war mit seinem Sohne auf der Rückkehr von einem Spaziergange; Frau Ellen hatte sie auf ein Stündchen fortgeschickt. Vor ihnen im Grunde lag die kleine Stadt; sie sahen deutlich, wie aus allen Schornsteinen der Rauch emporstieg; denn dahinter am Horizont stand feuerfarben das Abendrot. — Sie sprachen von den Großeltern drüben in der alten Heimat; dann von den letzten Weihnachten, die sie dort erlebt hatten.

„Und am Vorabend", sagte der Vater, „als Knecht Ruprecht zu uns kam, mit dem großen Bart und dem Quersack und der Rute in der Hand!"

„Ich wußte wohl, daß es Onkel Johannes war", erwiderte der Knabe, „der hatte immer so etwas vor!"

„Weißt du denn auch noch die Worte, die er sprach?"

Harro sah den Vater an und schüttelte den Kopf.

„Wart nur", sagte der Amtsrichter, „die Verse liegen zu Haus in meinem Pult; vielleicht bekomm ich's noch beisammen!" Und nach einer Weile fuhr er fort: „Entsinne dich nur, wie erst die drei Rutenhiebe von draußen auf die Tür fielen und wie dann die rauhe borstige Gestalt mit der großen Hakennase in die Stube trat!" Dann hub er langsam und mit tiefer Stimme an:

> „Von drauß' vom Walde komm ich her,
> Ich muß euch sagen, es weihnachtet sehr.
> Allüberall auf den Tannenspitzen
> Sah ich goldene Lichtlein sitzen.
> Und droben aus dem Himmelstor
> Sah mit großen Augen das Christkind hervor.
> Und wie ich so strolcht durch den dichten Tann,
> Da rief's mich mit heller Stimme an;
> ,Knecht Ruprecht', rief es, ,alter Gesell,
> Hebe die Beine und spute dich schnell!
> Die Kerzen fangen zu brennen an,
> Das Himmelstor ist aufgetan,
> Alt' und Junge sollen nun
> Von der Jagd des Lebens einmal ruhn;
> Und morgen flieg ich hinab zur Erden,
> Denn es soll wieder Weihnachten werden!'
> Ich sprach: ,O lieber Herre Christ,
> Meine Reise fast zu Ende ist;

Ich soll nur noch in diese Stadt,
Wo's eitel brave Kinder hat.'
,Hast denn das Säcklein auch bei dir?'
Ich sprach: ,Das Säcklein, das ist hier;
Denn Apfel, Nuß und Mandelkern
Fressen fromme Kinder gern!'
,Hast denn die Rute auch bei dir?'
Ich sprach: ,Die Rute, die ist hier!
Doch für die Kinder nur, die schlechten,
Die trifft sie auf den Teil, den rechten!'
Christkindlein sprach: ,So ist es recht,
So geh mit Gott, mein treuer Knecht!'
Von drauß' vom Walde komm ich her;
Ich muß euch sagen, es weihnachtet sehr!
Nun sprecht, wie ich's hierinnen find?
Sind's gute Kind, sind's böse Kind?

„Aber", fuhr der Amtsricher mit veränderter Stimme fort,
„ich sagte dem Knecht Ruprecht:

Der Junge ist von Herzen gut,
Hat nur mitunter was trotzigen Mut!"

„Ich weiß, ich weiß!" rief Harro triumphierend; und den
Finger emporhebend und mit listigem Ausdruck setzte er hinzu:
„Dann kam so etwas —"
„Was dich in großes Geschrei brachte; denn Knecht Ruprecht
schwang seine Rute und sprach:

Heißt es bei euch denn nicht mitunter:
Nieder den Kopf und die Hosen herunter?"

„Oh", sagte Harro, „ich fürchtete mich nicht; ich war nur
zornig auf den Onkel!"
Über der Stadt, die sie jetzt fast erreicht hatten, stand nur
noch ein fahler Schein am Himmel. Es dunkelte schon; aber es
begann zu schneien; leise und emsig fielen die Flocken, und der
Weg schimmerte schon weiß zu ihren Füßen.
Vater und Sohn waren eine Weile schweigend nebeneinander
hergegangen. — „Am Abend darauf", hub der Amtsrichter
wieder an, „brannte der letzte Weihnachtsbaum, den du gehabt
hast. Es war damals eine bewegte Zeit; sogar das Zuckerwerk
zwischen den Tannenzweigen war kriegerisch geworden: unsere

ganze Armee, Soldaten zu Pferde und zu Fuß! — Von alledem ist nun nichts mehr übrig!" setzte er leiser und wie mit sich selber redend hinzu.

Der Knabe schien etwas darauf erwidern zu wollen, aber ein anderes hatte plötzlich seine Gedanken in Anspruch genommen. — Es war ein großer bärtiger Mann, der vor ihnen aus einem Seitenwege auf die Landstraße herauskam. Auf der Schulter balancierte er ein langes stangenartiges Gepäck, während er mit einem Tannenzweig, den er in der Hand hielt, bei jedem Schritt in die Luft peitschte. Wie er vorüberging, hatte Harro in der Dämmerung noch die große rote Hakennase erkannt, die unter der Pelzmütze hinausragte. Auch einen Quersack trug der Mann, der anscheinend mit allerhand eckigen Dingen angefüllt war. Er ging rasch vor ihnen auf.

„Knecht Ruprecht!" flüsterte der Knabe, „hebe die Beine und spute dich schnell!"

Das Gewimmel der Schneeflocken wurde dichter, sie sahen ihn noch in die Stadt hinabgehen; dann entschwand er ihren Augen; denn ihre Wohnung lag eine Strecke weiter außerhalb des Tores.

„Freilich", sagte der Amtsrichter, indem sie rüstig zuschritten, „der Alte kommt zu spät; dort unten in der Gasse leuchteten schon alle Fenster in den Schnee hinaus."

Endlich war das Haus erreicht. Nachdem sie auf dem Flur die beschneiten Überkleider abgetan, traten sie in das Arbeitszimmer des Amtsrichters. Hier war heute der Tee serviert; die große Kugellampe brannte, alles war hell und aufgeräumt. Auf der sauberen Damastserviette stand das feinlackierte Teebrett mit den Geburtstagstassen und dem rubinroten Zuckerglase; daneben auf dem Fußboden in dem Komfort von Mahagonistäbchen mit blankem Messingeinsatz kochte der Kessel, wie es sein muß, auf gehörig durchgeglühten Torfkohlen; wie daheim einst in der großen Stube des alten Familienhauses, so dufteten auch hier in dem kleinen Stübchen die braunen Weihnachtskuchen nach dem Rezept der Urgroßmutter. — Aber während die Mutter nebenan im Wohnzimmer noch das Fest bereitete, blieben Vater und Sohn allein; kein Onkel Erich kam, ihnen feiern zu helfen. Es war doch anders als daheim.

Ein paarmal hatte Harro mit bescheidenem Finger an die Tür gepocht, und ein leises „Geduld!" der Mutter war die Antwort gewesen. Endlich trat Frau Ellen selbst herein. Lächelnd — aber ein leiser Zug von Weh war doch dabei — streckte sie ihre Hände aus und zog ihren Mann und ihren Knaben, jeden bei einer Hand, in die helle Weihnachtsstube.

Es sah freundlich genug aus. Auf dem Tische in der Mitte, zwischen zwei Reihen brennender Wachskerzen, stand das kleine Kunstwerk, das Mutter und Sohn in den Tagen vorher sich selbst geschaffen hatten, ein Garten im Geschmack des vorigen Jahrhunderts mit glattgeschorenen Hecken und dunkeln Lauben; alles von Moos und verschiedenem Wintergrün zierlich zusammengestellt. Auf dem Teiche von Spiegelglas schwammen zwei weiße Schwäne; daneben vor dem chinesischen Pavillon standen kleine Herren und Damen von Papiermaché in Puder und Kontuschen. — Zu beiden Seiten lagen die Geschenke für den Knaben; eine scharfe Lupe für die Käfersammlung, ein paar bunte Münchener Bilderbogen, die nicht fehlen durften, von Schwind und Otto Speckter; ein Buch in rotem Halbfranzband; dazwischen ein kleiner Globus in schwarzer Kapsel, augenscheinlich schon ein altes Stück. „Es war Onkel Erichs letzte Weihnachtsgabe an mich", sagte der Amtsrichter; „nimm du es nun von mir! Es ist mir in diesen Tagen aufs Herz gefallen, daß ich ihm die Freude, die er mir als Kind gemacht, in späterer Zeit nicht einmal wieder gedankt — nun haben sie mir den alten Herrn im letzten Herbst begraben!"

Frau Ellen legte den Arm um ihren Mann und führte ihn an den Spiegeltisch, auf dem heute die beiden silbernen Armleuchter brannten. Auch ihm hatte sie beschert; das erste aber, wonach seine Hand langte, war ein kleines Lichtbild. Seine Augen ruhten lange darauf, während Frau Ellen still zu ihm emporsah. Es war sein elterlicher Garten; dort unter dem Ahorn vor dem Lusthause standen die beiden Alten selbst, das noch dunkle volle Haar seines Vaters war deutlich zu erkennen.

Der Amtsrichter hatte sich umgewandt; es war, als suchten seine Augen etwas. Die Lichter an dem Moosgärtchen brannten knisternd fort; in ihrem Schein stand der Knabe vor dem aufgeschlagenen Weihnachtsbuch. Aber droben unter der Decke des hohen Zimmers war es dunkel; der Tannenbaum fehlte, der das Licht des Festes auch dort hinaufgetragen hätte.

Da klingelte draußen im Flur die Glocke, und die Haustür wurde polternd aufgerissen. „Wer ist denn das?" sagte Frau Ellen; und Harro lief zur Tür und sah hinaus.

Draußen hörten sie eine rauhe Stimme fragen: „Bin ich denn hier recht beim Herrn Amtsrichter?" Und in demselben Augenblicke wandte auch der Knabe den Kopf zurück und rief: „Knecht Ruprecht; Knecht Ruprecht!" Dann zog er Vater und Mutter mit sich aus der Tür.

Es war der große bärtige Mann, der den beiden Spazier-

gängern vorhin oberhalb der Stadt begegnet war; bei dem
Schein des Flurlämpchens sahen sie deutlich die rote Hakennase
unter der beschneiten Pelzmütze leuchten. Sein langes Gepäck
hatte er gegen die Wand gelehnt. „Ich habe das hier abzu-
geben!" sagte er, indem er auch den schweren Quersack von der
Schulter nahm.

„Von wem denn?" fragte der Amtsrichter.

„Ist mir nichts von aufgetragen worden."

„Wollt Ihr denn nicht näher treten?"

Der Alte schüttelte den Kopf. „Ist alles schon besorgt! Habt
gute Weihnacht beieinander!" Und indem er noch einmal mit
der großen Nase nickte, war er schon zur Tür hinaus.

„Das ist eine Bescherung!" sagte Frau Ellen fast ein wenig
schüchtern.

Harro hatte die Haustür aufgerissen. Da sah er die große
dunkle Gestalt schon weithin auf dem beschneiten Wege hinaus-
schreiten.

Nun wurde die Magd herbeigerufen, deren Bescherung durch
dieses Zwischenspiel bis jetzt verzögert war; und als mit ihrer
Hülfe die verhüllten Dinge in das helle Weihnachtszimmer gebracht waren, kniete Frau Ellen auf dem Fußboden und begann
mit ihrem Trennmesser die Nähte des großen Packens aufzu-
lösen. Und bald fühlte sie, wie es von innen heraus sich dehnte
und die immer schwächer werdenden Bande zu sprengen strebte;
und als der Amtsrichter, der bisher schweigend dabeigestanden,
jetzt die letzten Hüllen abgestreift hatte und es aufrecht vor sich
hingestellt hielt, da war's ein ganzer mächtiger Tannenbaum, der
nun nach allen Seiten seine entfesselten Zweige ausbreitete.
Lange schmale Bänder von Knittergold rieselten und blitzten
überall von den Spitzen durch das dunkle Grün herab; auch
die Tannäpfel waren golden, die unter allen Zweigen hingen.

Harro war indes nicht müßig gewesen, er hatte den Quersack
aufgebunden; mit leuchtenden Augen brachte er einen flachen,
grünlackierten Kasten geschleppt. „Horch, es rappelt!" sagte er.
„Es ist ein Schubfach darin!" Und als sie es aufgezogen, fanden
sie wohl ein Schock der feinsten weißen Wachskerzchen.

„Das kommt von einem echten Weihnachtsmann", sagte der
Amtsrichter, indem er einen Zweig des Baumes herunterzog, „da
sitzen schon überall die kleinen Blechlampetten!"

Aber es war nicht nur ein Schubfach in dem Kasten; es war
auch obenauf ein Klötzchen mit einem Schraubengang. Der
Amtsrichter wußte Bescheid in diesen Dingen; nach einigen
Minuten war der Baum eingeschroben und stand fest und auf-

recht, seine grüne Spitze fast bis zur Decke streckend. — Die alte Magd hatte ihre Schüssel mit Äpfeln und Pfeffernüssen stehenlassen; während die andern drei beschäftigt waren, die Wachskerzen aufzustecken, stand sie neben ihnen, ein lebendiger Kandelaber, in jeder Hand einen brennenden Armleuchter emporhaltend. — Sie war aus der Heimat mit herübergekommen und hatte sich von allen am schwersten in den Brauch der Fremde gefunden. Auch jetzt betrachtete sie den stolzen Baum mit mißtrauischen Augen. „Die goldenen Eier sind denn doch vergessen!" sagte sie.

Der Amtsrichter sah sie lächelnd an: „Aber, Margret, die goldenen Tannäpfel sind doch schöner!"

„So, meint der Herr? Zu Hause haben wir immer die goldenen Eier gehabt."

Darüber war nicht zu streiten; es war auch keine Zeit dazu. Harro hatte sich indessen schon wieder über den Quersack hergemacht. „Noch nicht anzünden!" rief er, „das Schwerste ist noch darin!"

Es war ein fest vernageltes hölzernes Kistchen. Aber der Amtsrichter holte Hammer und Meißel aus seinem Gerätkästchen; nach ein paar Schlägen sprang der Deckel auf, und eine Fülle weißer Papierspäne quoll ihnen entgegen. — „Zuckerzeug!" rief Frau Ellen und streckte schützend ihre Hände darüber aus. „Ich wittere Marzipan! Setzt euch; ich werde auspacken!"

Und mit vorsichtiger Hand langte sie ein Stück nach dem andern heraus und legte es auf den Tisch, das nun von Vater und Sohn aus dem umhüllenden Seidenpapier herausgewickelt wurde.

„Himbeeren!" rief Harro. „Und Erdbeeren, ein ganzer Strauß!"

„Aber siehst du es wohl?" sagte der Amtsrichter. „Es sind Walderdbeeren; so welche wachsen in den Gärten nicht."

Dann kam, wie lebend, allerlei Geziefer; Hornisse und Hummeln, und was sonst im Sonnenschein an stillen Waldplätzen umherzusummen pflegt, zierlich aus Tragant gebildet, mit goldbestäubten Flügeln; nun eine Honigwabe — die Zellen mochten mit Likör gefüllt sein —, wie sie die wilde Biene in den Stamm der hohlen Eiche baut; und jetzt ein großer Hirschkäfer, von Schokolade, mit gesperrten Zangen und ausgebreiteten Flügeldecken. „Cervus lucanus!" rief Harro und klatschte in die Hände.

An jedem Stück war, je nach der Größe, ein lichtgrünes Seidenbändchen. Sie konnten der Lockung nicht widerstehen; sie

begannen schon jetzt den Baum damit zu schmücken, während
Frau Ellens Hände noch immer neue Schätze ans Licht förderten.
Bald schwebte zwischen den Immen auch eine Schar von
Schmetterlingen an den Tannenspitzen; da war der Himbeer-
falter, die silberblaue Daphnis und der olivenfarbige Wald-
argus, und wie sie alle heißen mochten, die Harro hier vergebens
aufzujagen gesucht hatte. — Und immer schwerer wurden die
Päckchen, die eins nach dem andern von den eifrigen Händen
geöffnet wurden. Denn jetzt kam das Geschlecht des größern
Geflügels; da kam der Dompfaff und der Buntspecht, ein Paar
Kreuzschnäbel, die im Tannenwald daheim sind; und jetzt —
Frau Ellen stieß einen leichten Schrei aus — ein ganzes Nest voll
kleiner schnäbelaufsperrender Vögel; und Vater und Sohn ge-
rieten miteinander in Streit, ob es Goldhähnchen oder junge
Zeisige seien, während Harro schon das kleine Heimwesen im
dichtesten Tannengrün verbarg.
Noch ein Waldbewohner erschien; er mußte vom Buchen-
revier herübergekommen sein; ein Eichhörnchen von Marzipan,
in halber Lebensgröße, mit erhobenem Schweif und klugen
Augen. „Und nun ist's alle!" rief Frau Ellen. Aber nein, ein
schweres Päckchen noch! Sie öffnete es und verbarg es dann
ebenso rasch wieder in beiden Händen. „Ein Prachtstück!" rief sie.
„Aber nein, Paul; ich bin edelmütiger als du; ich zeig's dir nicht!"
Der Amtsrichter ließ sich das nicht anfechten; er brach ihr
die nicht gar zu ernstlich geschlossenen Hände auseinander, während sie lachend über ihn wegschaute.
„Ein Hase!" jubelte Harro, „er hat ein Kohlblatt zwischen
den Vorderpfötchen!"
Frau Ellen nickte: „Freilich, er kommt auch eben aus des
alten Kirchspielvogts Garten!"
„Harro, mein Junge", sagte der Amtsrichter, indem er dro-
hend den Finger gegen seine Frau erhob; „versprich mir, diesen
Hasen zu verspeisen, damit er gründlich aus der Welt komme!"
Das versprach Harro.
Der Baum war voll, die Zweige bogen sich; die alte Margret
stöhnte, sie könne die Leuchte nicht mehr halten, sie habe gar
keine Arme mehr am Leibe.
Aber es gab wieder neue Arbeit. „Anzünden!" kommandierte
der Amtsrichter; und die klein und großen Weihnachtskinder
standen mit heißen Gesichtern, kletterten auf Schemel und
Stühle und ließen nicht ab, bis alle Kerzen angezündet waren.
Der Baum brannte, das Zimmer war von Duft und Glanz erfüllt, es war nun wirklich Weihnachten geworden.

Ein wenig müde von der ungewohnten Anstrengung saß der Amtsrichter auf dem Sofa, nachsinnend in den gegenüberhängenden großen Wandspiegel blickend, der das Bild des brennenden Baums zurückstrahlte.

Frau Ellen, die ganz heimlich ein wenig aufzuräumen begann, wollte eben die geleerte Kiste an die Seite setzen, als sie wie in Gedanken noch einmal mit der Hand durch die Papierspäne streifte. Sie stutzte. „Unerschöpflich!" sagte sie lächelnd. — Es war ein Star von Schokolade, den sie hervorgeholt hatte. „Und, Paul", fuhr sie fort, „er spricht!"

Sie hatte sich zu ihm auf die Sofalehne gesetzt, und beide lasen nun gemeinschaftlich den beschriebenen Zettel, den der Vogel in seinem Schnabel trug: „Einen Wald- und Weihnachtsgruß von einer dankbaren Freundin!"

„Also von ihr!" sagte der Amtsrichter. „Ihr Herz hat ein gut Gedächtnis. Knecht Ruprecht mußte einen tüchtigen Weg zurücklegen; denn das Gut liegt fünf ganze Meilen von hier."

Frau Ellen legte den Arm um ihres Mannes Nacken. „Nicht wahr, Paul, wir wollen auch nicht undankbar gegen die Fremde sein?"

„Oh, ich bin nicht undankbar — aber — —"

„Was denn aber, Paul?"

„Was mögen drüben jetzt die Alten machen!"

Sie antwortete nicht darauf; sie gab ihm schweigend ihre Hand.

„Wo ist Harro?" fragte er nach einer Weile.

Harro war eben wieder ins Zimmer getreten; aus einer Schachtel, die er mit sich brachte, nahm er eine kleine verblichene Figur und befestigte sie sorgfältig an einen Zweig des Tannenbaums. Die Eltern hatten es wohl erkannt; es war ein Stück von dem Zuckerzeug des letzten heimatlichen Weihnachtsbaums; ein Dragoner auf schwarzem Pferde in langem graublauem Mantel. Der Knabe stand davor und betrachtete es unbeweglich; seine großen blauen Augen unter der breiten Stirn wurden immer finsterer. „Vater", sagte er endlich, und seine Stimme zitterte, „es war doch schade um unser schönes Heer! — Wenn sie es nur nicht aufgelöst hätten — ich glaube, dann wären wir wohl noch zu Hause!"

Eine lautlose Stille folgte, als der Knabe das gesprochen. Dann rief der Vater seinen Sohn und zog ihn dicht an sich heran. „Du kennst noch das alte Haus deiner Großeltern", sagte er, „du bist vielleicht das letzte Kind von den Unseren, das noch auf den großen übereinandergetürmten Bodenräumen gespielt

hat; denn die Stunde ist nicht mehr fern, daß es in fremde Hand
kommen wird. Einer deiner Urahnen hat es einst für seinen
Sohn gebaut. Der junge Mann fand es fertig und ausgestattet
vor, als er nach mehrjähriger Abwesenheit in den Handelsstäd-
ten Frankreichs nach seiner Heimat zurückkehrte. Bei seinem
Tode hat er es seinen Nachkommen hinterlassen, und sie haben
darin gewohnt als Kaufherren und Senatoren oder, nachdem sie
sich dem Studium der Rechte zugewandt hatten, als Bürgermeister oder Syndizi ihrer Vaterstadt. Es waren angesehene und
wohldenkende Männer, die im Lauf der Zeit ihre Kraft und ihr
Vermögen auf mannigfache Weise ihren Mitbürgern zugute kommen ließen. So waren sie wurzelfest geworden in der Heimat.
Noch in meiner Knabenzeit gab es unter den tüchtigeren Hand-
werkern fast keine Familie, wo nicht von den Voreltern oder
Eltern eines in den Diensten der Unsrigen gestanden hätte; sei es
auf den Schiffen oder in den Fabriken oder auch im Hause selbst.
— Es waren das Verhältnisse des gegenseitigen Vertrauens;
jeder rühmte sich des andern und suchte sich des andern wert
zu zeigen; wie ein Erbe ließen es die Eltern ihren Kindern; sie
kannten sich alle, über Geburt und Tod hinaus, denn sie kannten
Art und Geschlecht der Jungen, die geboren wurden, und der
Alten, die vor ihnen dagewesen waren." — Der Amtsrichter
schwieg einen Augenblick, während der Knabe unbeweglich zu
ihm emporsah. „Aber nicht allein in die Höhe", fuhr er fort,
„auch in die Tiefe haben deine Voreltern gebaut; zu dem steinernen Hause in der Stadt gehörte die Gruft draußen auf dem
Kirchhof; denn auch die Toten sollten noch beisammen sein. —
Und seltsam, da ich des inne ward, daß ich fort mußte: mein
erster Gedanke war, ich könnte dort den Platz verfehlen. — Ich
habe sie mehr als einmal offen gesehen; das letzte Mal, als deine
Urgroßmutter starb, eine Frau in hohen Jahren, wie sie den
Unsrigen vergönnt zu sein pflegen. — Ich vergesse den Tag nicht.
Ich war hinabgestiegen und stand unten in der Dunkelheit zwischen den Särgen, die neben und über mir auf den eisernen Stan-
gen ruhten; die ganze alte Zeit, eine ernste schweigsame Gesellschaft. Neben mir war der Totengräber, ein eisgrauer Mann.
Aber einst war er jung gewesen und hatte als Kutscher, den
schwarzen Pudel zwischen den Knien, die Rappen meines Groß-
vaters gefahren. — Er stand an einen hohen Sarg gelehnt und
ließ wie liebkosend seine Hand über das schwarze Tuch des
Deckels gleiten. ‚Dat is min ole Herr!' sagte er in seinem Platt-
deutsch. ‚Dat weer en gude Mann!' — Mein Kind, nur dort zu
Hause konnte ich solche Worte hören. Ich neigte unwillkürlich

25

das Haupt; denn mir war, als fühlte ich den Segen der Heimat sich leibhaftig auf mich niedersenken. Ich war der Erbe dieser Toten; sie selbst waren zwar dahingegangen; aber ihre Güte und Tüchtigkeit lebte noch und war für mich da und half mir, wo ich selber irrte, wo meine Kräfte mich verließen. — Und auch jetzt noch, wenn ich — mir und den Meinen nicht zur Freude, aber getrieben von jenem geheimnisvollen Weh — auf kurze Zeit zurückkehrte, ich weiß es wohl: dem sich dann alle Hände dort entgegenstreckten, das war nicht ich allein."

Er war aufgestanden und hatte einen Fensterflügel aufgestoßen. Weithin dehnte sich das Schneefeld; der Wind sauste; unter den Sternen vorüber jagten die Wolken; dorthin, wo in unsichtbarer Ferne ihre Heimat lag. — Er legte fest den Arm um seine Frau, die ihm schweigend gefolgt war; seine lichtblauen Augen lugten scharf in die Nacht hinaus. „Dort!" sprach er leise; „ich will den Namen nicht nennen; er wird nicht gern gehört in deutschen Landen; wir wollen ihn still in unserm Herzen sprechen, wie die Juden das Wort für den Allerheiligsten." Und er ergriff die Hand seines Kindes und preßte sie so fest, daß der Junge die Zähne zusammenbiß.

Noch lange standen sie und blickten dem dunkeln Zuge der Wolken nach. — Hinter ihnen im Zimmer ging lautlos die alte Magd umher und hütete sorgsamen Auges die allmählich niederbrennenden Weihnachtskerzen.

Weihnachtabend

Die fremde Stadt durchschritt ich sorgenvoll,
Der Kinder denkend, die ich ließ zu Haus.
Weihnachten war's; durch alle Gassen scholl
Der Kinderjubel und des Markts Gebraus.

Und wie der Menschenstrom mich fortgespült,
Drang mir ein heiser Stimmlein in das Ohr:
„Kauft, lieber Herr!" Ein magres Händchen hielt
Feilbietend mir ein ärmlich Spielzeug vor.

Ich schrak empor, und beim Laternenschein
Sah ich ein bleiches Kinderangesicht;
Wes Alters und Geschlechts es mochte sein,
Erkannt ich im Vorübertreiben nicht.

Nur von dem Treppenstein, darauf es saß,
Noch immer hört ich, mühsam, wie es schien:
„Kauft, lieber Herr!" den Ruf ohn Unterlaß;
Doch hat wohl keiner ihm Gehör verliehn.

Und ich? — War's Ungeschick, war es die Scham,
Am Weg zu handeln mit dem Bettelkind?
Eh meine Hand zu meiner Börse kam,
Verscholl das Stimmlein hinter mir im Wind.

Doch als ich endlich war mit mir allein,
Erfaßte mich die Angst im Herzen so,
Als säß mein eigen Kind auf jenem Stein
Und schrie nach Brot, indessen ich entfloh.

Da stand das Kind am Wege

Weihnachtabend kam heran. — Es war noch nachmittags, als Reinhard mit andern Studenten im Ratskeller am alten Eichentisch zusammensaß. Die Lampen an den Wänden waren angezündet, denn hier unten dämmerte es schon; aber die Gäste waren sparsam versammelt, die Kellner lehnten müßig an den Mauerpfeilern. In einem Winkel des Gewölbes saßen ein Geigenspieler und ein Zithermädchen mit feinen zigeunerhaften Zügen; sie hatten ihre Instrumente auf dem Schoße liegen und schienen teilnahmlos vor sich hinzusehen.

Am Studententische knallte ein Champagnerpfropfen. „Trinke, mein böhmisch Liebchen!" rief ein junger Mann von junkerhaftem Äußern, indem er ein volles Glas zu dem Mädchen hinüberreichte.

„Ich mag nicht", sagte sie, ohne ihre Stellung zu verändern.

„So singe!" rief der Junker und warf ihr eine Silbermünze in den Schoß. Das Mädchen strich sich langsam mit den Fingern durch ihr schwarzes Haar, während der Geigenspieler ihr ins Ohr flüsterte; aber sie warf den Kopf zurück und stützte das Kinn auf die Zither. „Für den spiel ich nicht", sagte sie.

Reinhard sprang mit dem Glase in der Hand auf und stellte sich vor sie.

„Was willst du?" fragte sie trotzig.

„Deine Augen sehn."

„Was gehn dich meine Augen an?"

Reinhard sah funkelnd auf sie nieder. „Ich weiß wohl, sie sind falsch!" — Sie legte ihre Wange in die flache Hand und sah ihn lauernd an. Reinhard hob sein Glas an den Mund. „Auf deine schönen, sündhaften Augen!" sagte er und trank.

Sie lachte und warf den Kopf herum. „Gib!" sagte sie, und indem sie ihre schwarzen Augen in die seinen heftete, trank sie langsam den Rest. Dann griff sie einen Dreiklang und sang mit tiefer, leidenschaftlicher Stimme:

> Heute, nur heute
> Bin ich so schön;
> Morgen, ach morgen
> Muß alles vergehn!
> Nur diese Stunde
> Bist du noch mein;
> Sterben, ach sterben
> Soll ich allein.

Während der Geigenspieler in raschem Tempo das Nachspiel einsetzte, gesellte sich ein neuer Ankömmling zu der Gruppe.

„Ich wollte dich abholen, Reinhard", sagte er. „Du warst schon fort; aber das Christkind war bei dir eingekehrt."

„Das Christkind?" sagte Reinhard, „das kommt nicht mehr zu mir."

„Ei was! Dein ganzes Zimmer roch nach Tannenbaum und braunen Kuchen."

Reinhard setzte das Glas aus der Hand und griff nach seiner Mütze.

„Was willst du?" fragte das Mädchen.

„Ich komme schon wieder."

Sie runzelte die Stirn. „Bleib!" rief sie leise und sah ihn vertraulich an.

Reinhard zögerte. „Ich kann nicht", sagte er.

Sie stieß ihn lachend mit der Fußspitze. „Geh!" sagte sie. „Du taugst nichts; ihr taugt alle miteinander nichts." Und während sie sich abwandte, stieg Reinhard langsam die Kellertreppe hinauf.

Draußen auf der Straße war es tiefe Dämmerung; er fühlte die frische Winterluft an seiner heißen Stirn. Hie und da fiel der helle Schein eines brennenden Tannenbaums aus den Fenstern, dann und wann hörte man von drinnen das Geräusch von kleinen Pfeifen und Blechtrompeten und dazwischen jubelnde Kinderstimmen. Scharen von Bettelkindern gingen von Haus zu Haus oder stiegen auf die Treppengeländer und suchten durch die Fenster einen Blick in die versagte Herrlichkeit zu gewinnen. Mitunter wurde auch eine Tür plötzlich aufgerissen, und scheltende Stimmen trieben einen ganzen Schwarm solcher kleinen Gäste aus dem hellen Hause auf die dunkle Gasse hinaus; anderswo wurde auf dem Hausflur ein altes Weihnachtslied gesungen; es waren klare Mädchenstimmen darunter. Reinhard hörte sie nicht, er ging rasch an allem vorüber, aus einer Straße in die andere. Als er an seine Wohnung gekommen, war es fast völlig dunkel geworden; er stolperte die Treppe hinauf und trat in seine Stube. Ein süßer Duft schlug ihm entgegen; das heimelte ihn an, das roch wie zu Haus der Mutter Weihnachtsstube. Mit zitternder Hand zündete er sein Licht an; da lag ein mächtiges Paket auf dem Tisch, und als er es öffnete, fielen die wohlbekannten braunen Festkuchen heraus; auf einigen waren die Anfangsbuchstaben seines Namens in Zucker ausgestreut; das konnte niemand anders als Elisabeth getan haben. Dann kam ein Päckchen mit feiner gestickter Wäsche zum Vorschein, Tücher

29

und Manschetten, zuletzt Briefe von der Mutter und von Elisabeth. Reinhard öffnete zuerst den letzteren; Elisabeth schrieb:

„Die schönen Zuckerbuchstaben können Dir wohl erzählen, wer bei den Kuchen mitgeholfen hat; dieselbe Person hat die Manschetten für Dich gestickt. Bei uns wird es nun Weihnachtabend sehr still werden; meine Mutter stellt immer schon um halb zehn ihr Spinnrad in die Ecke; es ist gar so einsam diesen Winter, wo Du nicht hier bist. Nun ist auch vorigen Sonntag der Hänfling gestorben, den Du mir geschenkt hattest; ich habe sehr geweint, aber ich hab ihn doch immer gut gewartet. Der sang sonst immer nachmittags, wenn die Sonne auf sein Bauer schien; Du weißt, die Mutter hing oft ein Tuch über, um ihn zu geschweigen, wenn er so recht aus Kräften sang. Da ist es nun noch stiller in der Kammer, nur daß Dein alter Freund Erich uns jetzt mitunter besucht. Du sagtest einmal, er sähe seinem braunen Überrock ähnlich. Daran muß ich nun immer denken, wenn er zur Tür hereinkommt, und es ist gar zu komisch; sag es aber nicht zur Mutter, sie wird dann leicht verdrießlich. — Rat, was ich Deiner Mutter zu Weihnachten schenke! Du rätst es nicht? Mich selber! Der Erich zeichnet mich in schwarzer Kreide; ich habe ihm schon dreimal sitzen müssen, jedesmal eine ganze Stunde. Es war mir recht zuwider, daß der fremde Mensch mein Gesicht so auswendig lernte. Ich wollte auch nicht, aber die Mutter redete mir zu; sie sagte, es würde der guten Frau Werner eine gar große Freude machen.

Aber Du hältst nicht Wort, Reinhard. Du hast keine Märchen geschickt. Ich habe Dich oft bei Deiner Mutter verklagt; sie sagt dann immer, Du habest jetzt mehr zu tun als solche Kindereien. Ich glaub es aber nicht; es ist wohl anders."

Nun las Reinhard auch den Brief seiner Mutter, und als er beide Briefe gelesen und langsam wieder zusammengefaltet und weggelegt hatte, überfiel ihn unerbittliches Heimweh. Er ging eine Zeitlang in seinem Zimmer auf und nieder; er sprach leise und dann halb verständlich zu sich selbst:

> Er wäre fast verirret
> Und wußte nicht hinaus;
> Da stand das Kind am Wege
> Und winkte ihm nach Haus!

Dann trat er an sein Pult, nahm einiges Geld heraus und ging wieder auf die Straße hinab. — Hier war es mittlerweile stiller geworden; die Weihnachtsbäume waren ausgebrannt, die Umzüge der Kinder hatten aufgehört. Der Wind fegte durch die einsamen Straßen; Alte und Junge saßen in ihren Häusern familienweise zusammen; der zweite Abschnitt des Weihnachtabends hatte begonnen. —

Als Reinhard in die Nähe des Ratskellers kam, hörte er aus der Tiefe herauf Geigenstrich und den Gesang des Zithermädchens; nun klingelte unten die Kellertür, und eine dunkle Gestalt schwankte die breite, matt erleuchtete Treppe herauf. Reinhard trat in den Häuserschatten und ging dann rasch vorüber. Nach einer Weile erreichte er den erleuchteten Laden eines Juweliers; und nachdem er hier ein kleines Kreuz von roten Korallen eingehandelt hatte, ging er auf demselben Wege, den er gekommen war, wieder zurück.

Nicht weit von seiner Wohnung bemerkte er ein kleines, in klägliche Lumpen gehülltes Mädchen an einer hohen Haustür stehen, in vergeblicher Bemühung, sie zu öffnen. „Soll ich dir helfen?" sagte er. Das Kind erwiderte nichts, ließ aber die schwere Türklinke fahren. Reinhard hatte schon die Tür geöffnet. „Nein", sagte er, „sie könnten dich hinausjagen; komm mit mir! Ich will dir Weihnachtskuchen geben." Dann machte er die Tür wieder zu und faßte das kleine Mädchen an der Hand, das stillschweigend mit ihm in seine Wohnung ging.

Er hatte das Licht beim Weggehen brennen lassen. „Hier hast du Kuchen," sagte er und gab ihr die Hälfte seines ganzen Schatzes in ihre Schürze, nur keine mit den Zuckerbuchstaben. „Nun geh nach Hause und gib deiner Mutter auch davon." Das Kind sah mit einem scheuen Blick zu ihm hinauf; es schien solcher Freundlichkeit ungewohnt und nichts darauf erwidern zu können. Reinhard machte die Tür auf und leuchtete ihr, und nun flog die Kleine wie ein Vogel mit ihren Kuchen die Treppe hinab und zum Hause hinaus.

Reinhard schürte das Feuer in seinem Ofen an und stellte das bestaubte Dintenfaß auf seinen Tisch; dann setzte er sich hin und schrieb, und schrieb die ganze Nacht Briefe an seine Mutter, an Elisabeth. Der Rest der Weihnachtskuchen lag unberührt neben ihm; aber die Manschetten von Elisabeth hatte er angeknüpft, was sich gar wunderlich zu seinem weißen Flausrock ausnahm. So saß er noch, als die Wintersonne auf die gefrorenen Fensterscheiben fiel und ihm gegenüber im Spiegel ein blasses, ernstes Antlitz zeigte. *(Aus: „Immensee")*

Marthe und ihre Uhr

Während der letzten Jahre meines Schulbesuchs wohnte ich in einem kleinen Bürgerhause der Stadt, worin aber von Vater, Mutter und vielen Geschwistern nur eine alternde unverheiratete Tochter zurückgeblieben war. Die Eltern und zwei Brüder waren gestorben, die Schwestern bis auf die jüngste, welche einen Arzt am selbigen Ort geheiratet hatte, ihren Männern in entfernte Gegenden gefolgt. So blieb denn Marthe allein in ihrem elterlichen Hause, worin sie sich durch das Vermieten des früheren Familienzimmers und mit Hülfe einer kleinen Rente spärlich durchs Leben brachte. Doch kümmerte es sie wenig, daß sie nur sonntags ihren Mittagstisch decken konnte; denn ihre Ansprüche an das äußere Leben waren fast keine; eine Folge der strengen und sparsamen Erziehung, welche der Vater sowohl aus Grundsatz als auch in Rücksicht seiner beschränkten bürgerlichen Verhältnisse allen seinen Kindern gegeben hatte. Wenn aber Marthen in ihrer Jugend nur die gewöhnliche Schulbildung zuteil geworden war, so hatte das Nachdenken ihrer späteren einsamen Stunden, vereinigt mit einem behenden Verstande und dem sittlichen Ernst ihres Charakters, sie doch zu der Zeit, in welcher ich sie kennenlernte, auf eine für Frauen, namentlich des Bürgerstandes, ungewöhnlich hohe Bildungsstufe gehoben. Freilich sprach sie nicht immer grammatisch richtig, obgleich sie viel und mit Aufmerksamkeit las, am liebsten geschichtlichen oder poetischen Inhalts; aber sie wußte sich dafür meistens über das Gelesene ein richtiges Urteil zu bilden und, was so wenigen gelingt, selbständig das Gute vom Schlechten zu unterscheiden. Mörikes „Maler Nolten", welcher damals erschien, machte großen Eindruck auf sie, so daß sie ihn immer wieder las; erst das Ganze, dann diese oder jene Partie, wie sie ihr eben zusagte. Die Gestalten des Dichters wurden für sie selbstbestimmende lebende Wesen, deren Handlungen nicht mehr an die Notwendigkeit des dichterischen Organismus gebunden waren; und sie konnte stundenlang darüber nachsinnen, auf welche Weise das hereinbrechende Verhängnis von so vielen geliebten Menschen dennoch hätte abgewandt werden können.

Die Langeweile drückte Marthen in ihrer Einsamkeit nicht, wohl aber zuweilen ein Gefühl der Zwecklosigkeit ihres Lebens nach außen hin; sie bedurfte jemandes, für den sie hätte arbeiten und sorgen können. Bei dem Mangel näher Befreundeter kam dieser löbliche Trieb ihren jeweiligen Mietern zugute, und auch ich habe manche Freundlichkeit und Aufmerksamkeit von ihrer Hand erfahren. — An Blumen hatte sie eine große Freude, und es schien mir ein Zeichen ihres anspruchslosen und resignierten Sinnes, daß sie unter ihnen die weißen und von diesen wieder die einfachen am liebsten hatte. Es war immer ihr erster Festtag im Jahre, wenn ihr die Kinder der Schwester aus deren Garten die ersten Schneeglöckchen und Märzblumen brachten; dann wurde ein kleines Porzellankörbchen aus dem Schrank herabgenommen, und die Blumen zierten unter ihrer sorgsamen Pflege wochenlang die kleine Kammer.

Da Marthe seit dem Tode ihrer Eltern wenig Menschen um sich sah und namentlich die langen Winterabende fast immer allein zubrachte, so lieh die regsame und gestaltende Phantasie, welche ihr ganz besonders eigen war, den Dingen um sie her eine Art von Leben und Bewußtsein. Sie borgte Teilchen ihrer Seele aus an die alten Möbeln ihrer Kammer, und die alten Möbeln erhielten so die Fähigkeit, sich mit ihr zu unterhalten; meistens freilich war diese Unterhaltung eine stumme, aber sie war dafür desto inniger und ohne Mißverständnis. Ihr Spinnrad, ihr braungeschnitzter Lehnstuhl waren gar sonderbare Dinge, die oft die eigentümlichsten Grillen hatten, vorzüglich war dies aber der Fall mit einer altmodischen Stutzuhr, welche ihr verstorbener Vater vor über fünfzig Jahren, auch damals schon als ein uraltes Stück, auf dem Trödelmarkt zu Amsterdam gekauft hatte. Das Ding sah freilich seltsam genug aus: zwei Meerweiber, aus Blech geschnitten und dann übermalt, lehnten zu jeder Seite ihr langhaariges Antlitz an das vergilbte Zifferblatt; die schuppigen Fischleiber, welche von einstiger Vergoldung zeugten, umschlossen dasselbe nach unten zu; die Weiser schienen dem Schwanze eines Skorpions nachgebildet zu sein. Vermutlich war das Räderwerk durch langen Gebrauch verschlissen; denn der Perpendikelschlag war hart und ungleich, und die Gewichte schossen zuweilen mehrere Zoll mit einem Mal hinunter. —

Diese Uhr war die beredteste Gesellschaft ihrer Besitzerin; sie mischte sich aber auch in alle ihre Gedanken. Wenn Marthe in ein Hinbrüten über ihre Einsamkeit verfallen wollte, dann ging der Perpendikel tick, tack! tick, tack! immer härter, immer eindringlicher; er ließ ihr keine Ruh, er schlug immer mitten in ihre Gedanken hinein. Endlich mußte sie aufsehen; — da schien die Sonne so warm in die Fensterscheiben, die Nelken auf dem Fensterbrett dufteten so süß; draußen schossen die Schwalben singend durch den Himmel. Sie mußte wieder fröhlich sein, die Welt um sie her war gar zu freundlich.

Die Uhr hatte aber auch wirklich ihren eigenen Kopf; sie war alt geworden und kehrte sich nicht mehr so gar viel an die neue Zeit; daher schlug sie oft sechs, wenn sie zwölf schlagen sollte, und ein andermal, um es wiedergutzumachen, wollte sie nicht aufhören zu schlagen, bis Marthe das Schlaglot von der Kette nahm. Das wunderlichste war, daß sie zuweilen gar nicht dazu kommen konnte; dann schnurrte und schnurrte es zwischen den Rädern, aber der Hammer wollte nicht ausholen; und das geschah meistens mitten in der Nacht. Marthe wurde jedesmal wach; und mochte es im klingendsten Winter und in der dunkelsten Nacht sein, sie stand auf und ruhte nicht, bis sie die alte Uhr aus ihren Nöten erlöst hatte. Dann ging sie wieder zu Bette und dachte sich allerlei, warum die Uhr sie wohl geweckt habe, und fragte sich, ob sie in ihrem Tagewerk auch etwas vergessen, ob sie es auch mit guten Gedanken beschlossen habe.

Nun war es Weihnachten. Den Christabend, da ein übermäßiger Schneefall mir den Weg zur Heimat versperrte, hatte ich in einer befreundeten kinderreichen Familie zugebracht; der Tannenbaum hatte gebrannt, die Kinder waren jubelnd in die lang verschlossene Weihnachtsstube gestürzt; nachher hatten wir die unerläßlichen Karpfen gegessen und Bischof dazu getrunken; nichts von der herkömmlichen Feierlichkeit war versäumt worden. — Am andern Morgen trat ich zu Marthe in die Kammer, um ihr den gebräuchlichen Glückwunsch zum Feste abzustatten. Sie saß mit untergestütztem Arm am Tische; ihre Arbeit schien längst geruht zu haben.

„Und wie haben Sie denn gestern Ihren Weihnachtabend zugebracht?" fragte ich.

Sie sah zu Boden und antwortete: „Zu Hause."

„Zu Hause? Und nicht bei Ihren Schwesterkindern?"

„Ach", sagte sie, „seit meine Mutter gestern vor zehn Jahren hier in diesem Bette starb, bin ich am Weihnachtabend nicht ausgegangen. Meine Schwester schickte gestern wohl zu mir, und als es dunkel wurde, dachte ich wohl daran, einmal hinzugehen; aber — die alte Uhr war auch wieder so drollig; es war akkurat, als wenn sie immer sagte: Tu es nicht, tu es nicht! Was willst du da? Deine Weihnachtsfeier gehört ja nicht dahin!"

Und so blieb sie denn zu Haus in dem kleinen Zimmer, wo sie als Kind gespielt, wo sie später ihren Eltern die Augen zugedrückt hatte und wo die alte Uhr pickte ganz wie dazumalen. Aber jetzt, nachdem sie ihren Willen bekommen und Marthe das schon hervorgezogene Festkleid wieder in den Schrank verschlossen hatte, pickte sie so leise, ganz leise und immer leiser, zuletzt unhörbar. — Marthe durfte sich ungestört der Erinnerung aller Weihnachtabende ihres Lebens überlassen: Ihr Vater saß wieder in dem braungeschnitzten Lehnstuhl; er trug das feine Sammetkäppchen und den schwarzen Sonntagsrock; auch blickten seine ernsten Augen heute so freundlich; denn es war Weihnachtabend, Weihnachtabend vor — ach, vor sehr, sehr vielen Jahren! Ein Weihnachtsbaum zwar brannte nicht auf dem Tisch — das war ja nur für reiche Leute —; aber statt dessen zwei hohe dicke Lichter; und davon wurde das kleine Zimmer so hell, daß die Kinder ordentlich die Hand vor die Augen halten mußten, als sie aus der dunkeln Vordiele hineintreten durften. Dann gingen sie an den Tisch, aber nach der Weise des Hauses ohne Hast und laute Freudenäußerung, und betrachteten, was ihnen das Christkind einbeschert hatte. Das waren nun freilich keine teuern Spielsachen, auch nicht einmal wohlfeile, sondern lauter nützliche und notwendige Dinge, ein Kleid, ein Paar Schuhe, eine Rechentafel, ein Gesangbuch und dergleichen mehr; aber die Kinder waren gleichwohl glücklich mit ihrer Rechentafel und ihrem neuen Gesangbuch, und sie gingen eins ums andere, dem Vater die Hand zu küssen, der währenddessen zufrieden lächelnd in seinem Lehnstuhl geblieben war. Die Mutter mit ihrem milden freundlichen Gesicht unter dem eng anliegenden Scheiteltuch band ihnen die neue Schürze vor und malte ihnen Zahlen und Buchstaben zum Nachschreiben auf die neue Tafel. Doch sie hatte nicht gar lange Zeit, sie mußte in die Küche und Apfelkuchen backen; denn das war für die Kinder eine Hauptbescherung am Weihnachtabend; die mußten notwendig gebacken werden. Da schlug der Vater das neue Gesangbuch auf und stimmte mit seiner klaren Stimme an: „Frohlockt, lobsinget Gott"; die Kinder aber, die alle Melodien kannten, stimmten ein: „Der Heiland ist gekommen"; und so sangen sie den Gesang zu Ende, indem sie alle um des Vaters Lehnstuhl herumstanden. Nur in den Pausen hörte man in der Küche das Hantieren der Mutter und das Prasseln der Apfelkuchen. — —

Tick, tack! ging es wieder; tick, tack! immer härter und eindringlicher. Marthe fuhr empor; da war es fast dunkel um sie her, draußen auf dem Schnee nur lag trüber Mondschein. Außer dem Pendelschlag der Uhr war es totenstill im Hause. Keine Kinder sangen in der kleinen Stube, kein Feuer prasselte in der Küche. Sie war ja ganz allein zurückgeblieben; die andern waren alle, alle fort. — Aber was wollte die alte Uhr denn wieder? — Ja, da warnte es auf elf — und ein anderer Weihnachtabend tauchte in Marthes Erinnerung auf, ach! ein ganz anderer; viele

viele Jahre später! Der Vater und die Brüder waren tot, die Schwestern verheiratet; die Mutter, welche nun mit Marthen allein geblieben war, hatte schon längst des Vaters Platz im braunen Lehnstuhl eingenommen und ihrer Tochter die kleinen Wirtschaftssorgen übertragen; denn sie kränkelte seit des Vaters Tode, ihr mildes Antlitz wurde immer blässer, und ihre freundlichen Augen blickten immer matter; endlich mußte sie auch den Tag über im Bette bleiben. Das war schon über drei Wochen, und nun war es Weihnachtabend. Marthe saß an ihrem Bett und horchte auf den Atem der Schlummernden; es war totenstill in der Kammer, nur die Uhr pickte. Da warnte es auf elf, die Mutter schlug die Augen und verlangte zu trinken. „Marthe", sagte sie, „wenn es erst Frühling wird und ich wieder zu Kräften gekommen bin, dann wollen wir deine Schwester Hanne besuchen; ich habe ihre Kinder eben im Traume gesehen — du hast hier gar zuwenig Vergnügen." — Die Mutter hatte ganz vergessen, daß Schwester Hannes Kinder im Spätherbst gestorben waren; Marthe erinnerte sie auch nicht daran, sie nickte schweigend mit dem Kopf und faßte ihre abgefallenen Hände. Die Uhr schlug elf. —

Auch jetzt schlug sie elf — aber leise, wie aus weiter, weiter Ferne. —

Da hörte Marthe einen tiefen Atemzug; sie dachte, die Mutter wolle wieder schlafen. So blieb sie sitzen, lautlos, regungslos, die Hand der Mutter noch immer in der ihren; am Ende verfiel sie in einen schlummerähnlichen Zustand. Es mochte so eine Stunde vergangen sein; da schlug die Uhr zwölf! — Das Licht war ausgebrannt, der Mond schien hell ins Fenster; aus den Kissen sah das bleiche Gesicht der Mutter. Marthe hielt eine kalte Hand in der ihrigen. Sie ließ diese kalte Hand nicht los, sie saß die ganze Nacht bei der toten Mutter. —

So saß sie jetzt bei ihren Erinnerungen in derselben Kammer, und die alte Uhr pickte bald laut, bald leise; sie wußte von allem, sie hatte alles mit erlebt, sie erinnerte Marthe an alles, an ihre Leiden, an ihre kleinen Freuden.

Ob es noch so gesellig in Marthens einsamer Kammer ist? Ich weiß es nicht; es sind viele Jahre her, seit ich in ihrem Hause wohnte, und jene kleine Stadt liegt weit von meiner Heimat. — Was Menschen, die das Leben lieben, nicht auszusprechen wagen, pflegte sie laut und ohne Scheu zu äußern: „Ich bin niemals krank gewesen; ich werde gewiß sehr alt werden."

Ist ihr Glaube ein richtiger gewesen und sollten diese Blätter den Weg in ihre Kammer finden, so möge sie sich beim Lesen auch meiner erinnern. Die alte Uhr wird helfen; sie weiß ja von allem Bescheid.

Weihnachtsabend

An die hellen Fenster kommt er gegangen
Und schaut in des Zimmers Raum;
Die Kinder alle tanzten und sangen
Um den brennenden Weihnachtsbaum.

Da pocht ihm das Herz, daß es will zerspringen;
„Oh", ruft er, „laßt mich hinein!
Was Frommes, was Fröhliches will ich euch singen
Zu dem hellen Kerzenschein."

Und die Kinder kommen, die Kinder ziehen
Zur Schwelle den nächtlichen Gast;
Still grüßen die Alten, die Jungen umknien
Ihn scheu in geschäftiger Hast.

Und er singt: „Weit glänzen da draußen die Lande
Und locken den Knaben hinaus;
Mit klopfender Brust, im Reisegewande
Verläßt er das Vaterhaus.

Da trägt ihn des Lebens breitere Welle —
Wie war so weit die Welt!
Und es findet sich mancher gute Geselle,
Der's treulich mit ihm hält.

Tief bräunt ihm die Sonne die Blüte der Wangen,
Und der Bart umsprosset das Kinn;
Den Knaben, der blond in die Welt gegangen,
Wohl nimmer erkennet ihr ihn.

Aus goldenen und aus blauen Reben
Es mundet ihm jeder Wein;
Und dreister greift er in das Leben
Und in die Saiten ein.

Und für manche Dirne mit schwarzen Locken
Im Herzen findet er Raum; —
Da klingen durch das Land die Glocken,
Ihm war's wie ein alter Traum.

Wohin er kam, die Kinder sangen,
Die Kinder weit und breit;
Die Kerzen brannten, die Stimmlein klangen,
Das war die Weihnachtszeit.

Das fühlte er, daß er ein Mann geworden;
Hier gehörte er nicht dazu.
Hinter den blauen Bergen im Norden
Ließ ihm die Heimat nicht Ruh.

An die hellen Fenster kam er gegangen
Und schaut' in des Zimmers Raum;
Die Schwestern und Brüder tanzten und sangen
Um den brennenden Weihnachtsbaum." —

Da war es, als würden lebendig die Lieder
Und nahe, der eben noch fern;
Sie blicken ihn an und blicken wieder;
Schon haben ihn alle so gern.

Nicht länger kann er das Herz bezwingen,
Er breitet die Arme aus:
„Oh, schließet mich ein in das Preisen und Singen,
Ich bin ja der Sohn vom Haus!"

Abſeits

Die Wintersonne lag über der Heide; sie spiegelte sich in den Fensterscheiben eines neuen strohgedeckten Hauses, das in dieser Einsamkeit wie hingestellt war auf die braune, unabsehliche Decke des Heidekrautes. Nur seitwärts dahinter lag noch eine mäßig große Scheuer, und neben derselben, dem Tor des Hauses gegenüber, ragte die lange Stange eines Brunnens in der Luft. Ein paar Schritte weiter ein niedriger Wall aus Sand und Steinen, der sich auch nach vorn um das Haus herumzog; und dann wieder nichts als der leere Himmel und die braune, gleichmäßige Ebene.

Das Gehöft lag in dem nördlichsten deutschen Lande, das nach blutigem Kampfe jetzt mehr als jemals in der Gewalt des fremden Nachbarvolkes war. Erbaut war es vor wenigen Jahren von einem wohlhabenden Kaufmann der kleinen Seestadt, deren Turmspitze man aus den Fenstern der Vorderstube am Horizont erblickte. — Bald nach Beendigung des unglücklichen Krieges hatte er von mehreren Gemeinden, deren Feldmark hier zusammenstieß, die nicht unbeträchtlichen Bodenstrecken käuflich erworben.

Die Lage war für die Entstehung eines ländlichen Heimwesens günstig; denn einen Büchsenschuß nördlich von dem jetzt dort mit der Fronte gegen Abend schauenden Hause drängt sich ein mäßig breiter, fischreicher Strom durch die Heide, abwärts einem Landsee zu, der sein ovales Becken bis fast an die Stadt erstreckt.

Aber noch ein anderes mochte der einsichtige Mann bei Abschluß seines Kaufes in Rechnung genommen haben. Die drunten vor der Stadt am Ufer des Sees gelegene herrschaftliche Wassermühle erforderte, nachdem das Getriebe bei einer Pachtveränderung erweitert war, eine größere Wassermasse, als der an Untiefen leidende See herzugeben vermochte. Die Anlegung eines Kanals durch denselben konnte nicht ausbleiben. Und als bald darauf unten im See die Arbeiter den ersten Spatenstich taten, ließ auch der Herr Senator jenseits desselben die Gebäude auf seiner Heide bauen; denn nun hatte er die Gewißheit, das sumpfige Stromufer in grasreiche Wiesen verwandeln zu können. Noch im Herbste desselben Jahres standen das Wohnhaus mit der kleinen Tenne und dem Milchkeller und hinter demselben die Scheuer mit den Stallräumen fertig da. Im Frühjahr darauf zogen die Kolonisten ein; in das Haus ein alter Knecht, eine kleine Magd und eine ältliche „Mamsell", ein altes Inventarienstück der Familie; der Stallraum in der Scheuer wurde von zwei Ponys und einer Kuh bezogen; den Wassertümpel, der zwischen dieser und dem Wohnhaus lag, wußte Mamsell in kurzem mit einer schnatternden Entenschar zu bevölkern, und auf dem Dunghaufen, der sich allmählich daneben erhob, scharrte ein goldfarbiger Hahn mit einem halben Dutzend eierlegender Hennen. Zur Vervollständigung der Wirtschaft und sich zur Gesellschaft hatte außerdem der alte Marten noch einen kleinen Dachshund aufgezogen. — Mit diesen Kräften begann die allmähliche Urbarmachung des neuen Besitzes; und schon glänzten drunten gegen den Strom hin überall die sorgfältig gezogenen Abzugsgräben; und das zum erstenmal in dieser Jahreszeit nicht überschwemmte Wiesenland versprach auf den Sommer eine reiche Heuernte.

Im Wohnhause selbst war hinter dem nach vorn hinaus liegenden Stübchen der Haushälterin ein großes Zimmer für die Herrschaft eingerichtet und nicht allein mit Tisch und Stühlen, sondern sogar mit einem stattlichen Sofa versehen, das freilich für gewöhnlich von Mamsell sorgsam mit einem weißen Überzuge verhüllt gehalten wurde.

So konnte der Senator mit den Seinen in der Sommerzeit aus der unheimlich gewordenen Heimatstadt mitunter doch in eine Stille entfliehen, wo er sicher war, weder die ihm verhaßte Sprache zu hören noch die übermütigen Fremden als Herren in die alten Häuser seiner vertriebenen Freunde aus und ein gehen zu sehen; aber wo im Glanz der Junisonne die blühende Heide lag, wo singend aus dem träumerischen Duft die Lerche emporstieg, und drunten über dem Strom die weißen Möwen schwebten.

Jetzt war es Winter, ein weicher, nasser Tag ohne Frost und Schnee; obgleich es der Nachmittag des Weihnachtabends war.

Droben das Haus stand leer, bis auf die Hühner, die in der matten Wintersonne sich vor der Tür im Sande streckten; die ganze kleine Menschenbesatzung schwamm drunten auf dem Strom in einem Flachboot, das eben in eine kleine schilfreiche Bucht hinabglitt. Auf dem Boden des Fahrzeugs kauerte die Magd neben einem Kübel, der schon mit Hecht und Karpfen fast gefüllt war; dahinter stand ein ältliches Frauenzimmer in einem dunkeln Wollenkleide. Sie schirmte die Augen mit der Hand, denn vor ihnen lag die Sonne blendend auf dem Wasserspiegel. „Sind Seine Reusen noch nicht alle, Marten?" fragte sie.

41

„Kann bald werden, Mamsell", sagte der alte Knecht, indem er die Ruderstange gemächlich auf den Grund stieß.

Seitwärts im Schilf wurde das Gekläff eines kleinen arbeitenden Hundes hörbar. Marten, indem er selbstzufrieden nickte, zog die Stange ein und faßte rasch nach einer Flinte, die neben ihm im Boote lehnte. In demselben Augenblick brauste dicht vor ihnen eine schwere Ente aus dem Schilf; der Knecht wandte sich, und während die beiden Frauen einen Schrei ausstießen, knallte auch schon der Schuß über ihre Köpfe hin. Als sie sich umblickten, sahen sie den großen gelbbraunen Vogel unweit des Bootes scheinbar unverletzt auf dem Wasser schwimmen, das blanke, schwarze Auge unverwandt auf sie gerichtet. Als aber Marten Miene machte, mit dem Boot in seine Nähe zu kommen, tauchte er dicht am Schilfe unter und verschwand. „Das beißt sich in den Grund", sagte der Alte verdrießlich und ließ die Arme hängen, „das sind boshafte Kreaturen, Mamsell."

Die Haushälterin sah mit einem Blick des Mitleids auf den Punkt, wo das Tier verschwunden war. „Wenn Er nur Seine alte Donnerbüchse zu Hause lassen wollte", sagte sie.

„Ei ja, Mamsell, der gebratene Entvogel hätte morgen doch geschmeckt!" Dann wies er mit der Hand nach dem jenseitigen Ufer auf einen Strich verkrüppelten Buschwerks, das sich weit hinaus in die Heide dehnte, nur mitunter durch kleine Wassertümpel unterbrochen. „Dort liegen auch Bekassinen", fuhr er fort, „das gäb einmal ein Herrengut, wenn wir den Eichenbusch noch dazuhätten!"

„Wem gehört's denn, Marten?"

„Dem Bauervogt unten im Dorf; er will hoch damit hinaus; aber der Herr sollt es nicht fahrenlassen; denn da steckt auch der Mergel und — den müssen wir haben." Mit diesen Worten hatte er die letzte Reuse aus dem Wasser gezogen und, da nur allerlei kleines Zeug darin zappelte, nach Befreiung der Gefangenen wieder hinabgelassen. Zugleich war auch der Hund aus dem Schilf ins Boot gesprungen und sah, sich schüttelnd und prustend, zu seinem Herrn empor. „Auf ein andermal, Täckel", sagte Marten, seinen Liebling auf das nasse Fell klopfend, „unsere Beine waren für dieses Mal zu kurz." Er hatte das Boot gewandt und schob es wieder stromaufwärts. Unterhalb des Hauses stiegen sie ans Land, zuerst auf einzelnen Feldsteinen über die Wiesen gehend, dann eine Strecke noch durch hohes Heidekraut bis zu dem niederen Wall, der das Gehöft von der umgebenden Ebene trennte.

Bald darauf hantierte die Magd mit dem Kaffeekessel in der

Küche, während Marten die gefangenen Fische zwischen Gras-
lagen in einen Korb verpackte, um sie der Herrschaft zur Abend-
tafel in die Stadt zu bringen.

Die Haushälterin trat in ihre Stube; gegenüber auf der alten
Standuhr schlug es eben zwei. — Nachdem sie sich einen Augen-
blick die verklommenen Finger an dem Kachelofen gewärmt
hatte, trat sie an eine messingbeschlagene Kommode und nahm
aus verschiedenen Schubladen derselben ein neues schwarzes
Wollenkleid, eine schneeweiße Haube und ein seidenes Tuch.
‚Es ist doch Heiligabend!' sagte sie für sich. — Auch erwartete
sie ja noch Besuch; nicht nur die Weihnachtsbriefe von ihrem
Bruder, einem wohlstehenden Kaufmann in einem deutschen
Nachbarlande, und dessen einzigem Sohne, der seit einigen
Jahren auf einem größeren Gute die Landwirtschaft erlernte,
sondern auch den alten Lehrer drunten aus dem Dorf, wohin
der Fußsteig hier vorbei über die Heide führte. Sie hatte ihn,
da er am Vormittag in die Stadt ging, gebeten, die Briefe für sie
von der Post mitzubringen.

Nun mußte er bald zurück sein; und er hatte ja auch im vorigen Jahr sich zu einem Schälchen Kaffee Zeit gelassen. — Nachdem sie dann noch eine frische Serviette über das unter dem Fenster stehende Tischchen gebreitet, ging sie mit ihren Festkleidern
in das nebenan liegende Schlafkämmerchen, um sich anzukleiden.

Es war eine halbe Stunde später. Marten und Täckel waren
mit den Fischen in die Stadt gegangen, nachdem ersterer noch
das Fell einer kürzlich erlegten Fischotter über den Rücken ge-
hangen hatte, das er bei dieser Gelegenheit zu verwerten dachte.
In dem Stübchen drinnen stand auf der weißen Serviette ein
sauberes Kaffeegeschirr; die vergoldeten Tassen und die Bunz-
lauer Kaffeekanne blinkten in den schrägfallenden Sonnen-
strahlen.

Vor dem Tische in dem großen Ohrenlehnstuhl saß der Schullehrer, ein ältlicher Mann mit ernstem Antlitz und trotz der
ausgeprägten Gesichtsformen mit jenem weichen Leidenszuge
um die grauen Augen, der sich nicht selten unter den Friesen
findet. Die Eigentümerin des Stübchens, in ihrem Festanzuge,
der weißen Haube und dem lila Seidentüchlein, präsentierte
eben ihrem Gaste die braunen Pfeffernüsse, die sie zuvor unter
dem Ofen aus dem grünen Blechkästchen genommen hatte. „Die
Frau Senatorin hat sie mir herausgeschickt", sagte sie lächelnd,
„sie backt sie alle Jahr zu Weihnachtabend."

Der alte Mann nahm etwas von dem Backwerk; aber seine

43

Augen hafteten mit einem Ausdruck von Verlegenheit an der andern Hand seiner Gastfreundin, die schon längere Zeit auf einem noch immer versiegelten Briefe geruht hatte. „Wollten Sie nicht lesen, liebe Mamsell?" fragte er endlich.

„Hernach, Herr Lehrer; das ist meine Gesellschaft auf den Abend." Und sie strich mit leisem Finger über das Kuvert.

„Aber der Herr Senator hat Sie doch gewiß zum Christbaum eingeladen?"

Der Ausdruck ruhiger Güte verschwand für einen Augenblick aus dem etwas blassen Antlitz des alten Mädchens. „Es ist heute ein Tag des Friedens", sagte sie, und ihre sonst so milde Stimme klang scharf; „ich mag nicht in die Stadt." Der alte Mann sah mit großen teilnehmenden Augen zu ihr hinüber.

„Ich bin zuletzt im Juni dort gewesen, seitdem nicht wieder", fuhr sie fort; „wir hatten hier keine Blumen; aber in den Gärten der Stadt und auch am Hause unseres alten Bürgermeisters blühten sie. Der gute Mann hat in die Fremde gehen müssen; aber die Rosen, die er selber pflanzte, hatten schon die ganze Fronte seines großen Hauses überzogen. Jetzt wohnt der neue Bürgermeister darin. Als ich im Vorübergehen die geputzten Kinder mit ihrem lauten fremden Geplapper die schönen dunkelroten Rosen vom Spalier herabreißen sah — mir war's, als müßte Blut herausfließen."

Ihr Gast schwieg noch immer; aber um seine Lippen zuckte es, als stiege ein Schmerz auf, den er vergebens zu bekämpfen suche.

„Wir sind mit dem Senator aufgewachsen", begann sie wieder, „mein Bruder und ich; wir waren Nachbarskinder." — Und mit diesen Worten trat ein Lächeln in ihr Antlitz, als blickte sie unter sich in eine sonnige Landschaft. „Es waren arge Buben damals, die beiden", sagte sie, „sie haben mich was Ehrliches geplagt."

Mamsell hatte die Hände in ihrem Schoß gefaltet und blickte durchs Fenster auf die Heide hinaus. Das feuchte Kraut der Eriken glitzerte in dem Schein der untergehenden Sonne; und wie schwimmend in Duft gehüllt stand fern am Horizont der spitze Turm der Stadt. Auch das alte Mädchen saß da, vom blassen Abendschein umflossen. Es war ein Antlitz voll stillen Friedens, in dem freilich der Zug des Entsagens auch nicht fehlte; aber er war nicht herbe, es mochte wohl nur ein bescheidenes Glück sein, das hier vergeblich erhofft worden war.

„Nach unseres Vaters Tode", sagte sie leise, „war der Senator

44

mir ein hülfreicher Freund, ich habe lange in seinem Hause gelebt, und später hat er mir dann auf meine Bitten diesen Posten hier gegeben. Es ist jetzt der rechte Platz für einen einsamen, alten Menschen."

„Aber", sagte der Lehrer und legte den Teelöffel sorgfältig über die geleerte Tasse, „hieß es nicht vor Jahren einmal, liebe Mamsell, daß Sie den ledigen Stand hätten verrücken wollen?"

Sie schlug die Augen nieder und strich mit der flachen Hand ein paarmal über das Damasttuch. „Ja", sagte sie dann, indem sie auf ein getuschtes Profilbildchen blickte, das in einem Strohblumenkranze über der Kommode hing. „Vor Jahren, Herr Lehrer; aber es kam anders, als wir gedacht hatten."

Der Lehrer war aufgestanden und besichtigte das Bild. „Ja, ja", sagte er, „der alte Ehrenfried, wie er leibte und lebte; der Herr Senator haben bis zu seinem Tode große Stücke auf ihn gehalten; ich habe manches Päckchen Schnupftabak von ihm zugewogen bekommen."

Die Haushälterin nickte. „Ich mag es Ihnen wohl erzählen", fuhr sie fort, „Sie haben auch Ihre Lebensfreude, Ihren einzigen Sohn, in unserm Kriege dahingegeben und haben ihm den schönen Spruch aufs Grab setzen lassen."

Der Alte beugte sich vornüber und legte seine Hand wie beschwichtigend auf den Arm seiner Freundin. „Das ist nun vorbei", sagte er, und seine Stimme zitterte. „Er starb für seine Heimat, für welche wir bald nicht mehr leben dürfen; denn auch in meiner Schule soll nächstens, wie es heißt, die deutsche Sprache abgeschafft werden. Mein Wirken ist dann zu Ende." — Der alte Mann seufzte. „Doch", fuhr er fort, „Sie wollten ja erzählen!"

Sie stand auf und füllte erst noch einmal die Tasse des Gastes und präsentierte ihm die Schüssel mit den Weihnachtskuchen. — „Mein Vater", begann sie nach einer Weile, „hatte einen kleinen Posten bei der Stadt und nur ein notdürftiges Einkommen, aber er saß nachts an seinem Pult und schrieb Noten für die Klavierschüler des Organisten, oder er fertigte die Rechnungen für die Armen- oder Klostervorsteher, die mit der Feder selbst nicht umzugehen wußten. Er war ein schwächlicher Mann und hat mit den vielen Nachtwachen sein Leben wohl verkürzt. Doch als er starb, fand sich für meinen Bruder und mich, die wir beide noch kaum erwachsen waren, ein kleines, sauer verdientes Kapital. Es mochte für jeden wohl ein paar tausend Mark betragen." Sie schwieg einen Augenblick. „Über dieses Kapital", sagte sie dann, „das ich besaß, da Ehrenfried und

45

ich unsern Verspruch taten, konnte ich späterhin nicht mehr verfügen."

„Nein, nein", setzte sie hinzu, da sie bemerkte, daß ihr Gast einen Blick des Vorwurfs auf das Bildchen an der Wand warf, „denken Sie nichts Unrechtes von dem Seligen, er hat nichts gegen mich verschuldet."

Der Schullehrer ließ sich diese Versicherung gefallen; denn auch das treuherzige Männergesicht, das dort so ruhig aus dem hohen Rockkragen herausschaute, schien gegen jeden derartigen Verdacht einen stummen Protest einzulegen.

„Wir beide", fuhr die Erzählerin fort, „waren bald nach dem Tode des alten seligen Herrn in das Haus des Senators gekommen. Die Mutter lebte noch, und der junge Herr freite damals um seine jetzige Frau; die Haushaltung ging wie zu den Zeiten des Vaters ihren ruhigen Gang; und es war eine regelrechte Haushaltung, Herr Lehrer, alles wie nach dem Glockenschlag der Amsterdamer Wanduhr, die unten auf der großen Hausdiele steht; das blieb auch so, als die junge Frau ins Haus kam. Der Ehrenfried schien ganz hineinzupassen; des Tages bediente er seine Kunden, des Abends saß er in dem kleinen Laden und klebte seine Düten oder brachte seine Bücher in Ordnung. Ich war meistens für die alte Frau da oder half auch wohl mit in der Haushaltung. So lebten wir nebeneinander hin, und die Jahre vergingen. Ehrenfried hatte wohl einmal den Wunsch geäußert, einen eigenen Kram zu beginnen; aber er sprach das nur so hin, als sei es für Leute seines Schlages doch nicht zu erschwingen; denn er war fast ohne Mittel. Die Zinsen seines kleinen Vermögens und ein gut Teil seines Verdienstes gab er einer älteren kränklichen Schwester. Das habe ich aber erst späterhin von ihm erfahren. — Ich hatte schon einige dreißig Jahre hinter mir, und Ehrenfried mochte nah an die vierzig sein, da starb die Schwester, und er begann nun wohl mit Ernst auch an sich selbst zu denken."

Die Alte warf einen liebevollen Blick auf das Bildchen in dem Immortellenkranz. „Sie wissen, Herr Lehrer", sagte sie dann, „der Herr Senator hat einen Speicher in der kleinen Straße, die nach der Marsch hinuntergeht; dahinter ist ein großer Gemüsegarten, woraus für Winter und Sommer das ganze Haus versorgt wird. Eines Vormittags hatte die Frau Senatorin mich hingeschickt, um etwas Kraut zur Suppe zu schneiden. Es war just am heiligen Pfingsttage — so etwas vergißt sich nicht, Herr Lehrer —, man konnte über die niedrigen Stachelbeerzäune weithin auf die Nachbargärten sehen, wo die Leute in ihrem

Sonntagszeug zwischen den Beeten umhergingen, denn es lag alles im klarsten Sonnenschein. Der blaue Flieder duftete, der überall an den Steigen wuchs, und drunten von der Marsch herauf hörte man die Lerchen singen. Ich hatte am Morgen einen liebreichen Brief von meinem Bruder erhalten, der seit Jahren mit Hülfe des Herrn Senators im Hannöverschen ein Kommissionsgeschäft errichtet hatte; es ging ihm wohl; er hatte Frau und Kind; aber er vergaß auch seine Schwester nicht. Die blaue Frühlingsluft war nicht heiterer als mein Gemüt dazumalen. So in Gedanken ging ich den breiten Steig hinab; als ich aber bei dem großen Holunderbusch um die Ecke biege — denn der Garten liegt hier im Winkel —, sehe ich Ehrenfried im braunen Sonntagsrock und mit der langen Pfeife zwischen den Spargelbeeten stehen. Er pflegte an Sonn- und Festtagen wohl ein wenig in der Gärtnerei zu hantieren. ‚Es gibt nicht viel, Mamsell Meta‘, rief er mir zu, ‚die Beete sind zu alt. — Ja, ja, das Alter!‘ setzte er, wie mit sich selber redend, hinzu; dann legte er die Hand mit der Pfeife auf den Rücken und begann wieder mit seinem Messer die Oberfläche des Beetes zu untersuchen. Da ich ebenfalls ein Messer in der Hand hatte, so trat ich an die andere Seite des Beetes. ‚Ich will Ihnen helfen, Herr Ehrenfried‘, sagte ich, ‚vier Augen sehen mehr als zwei‘, und zugleich hatte ich schon einen schönen weißen Spargel auf seiner Seite bloßgelegt. Ehrenfried sah eine Weile zu mir hinüber. ‚Das ist richtig, Mamsell Meta!‘ sagte er dann, indem er sorgfältig den Spargel aus der Erde hob. Wir gingen suchend an diesem und noch zwei andern Beeten auf und ab, aber die Ernte war nur spärlich.

Als ich ihm mein Teil hinüberreichte, sagte er: ‚Für eine Person sind das zu viele und für zwei zu wenig.‘ Und er hatte dabei so einen eigenen Ton, Herr Lehrer, daß mir schon war, als spreche er das nur so sinnbildlich. ‚Freilich‘, erwiderte ich, ‚Herr Ehrenfried; aber wir haben schon die von gestern, und morgen gibt es wieder welche, und wenn wir dann übermorgen noch etliche bekommen, so reicht es für die ganze Familie.‘ Er tat einen tiefen Zug aus seiner Pfeife und stieß ein paar blaue Ringe in die Luft. ‚Ja‘, sagte er dann, ‚mit den Dingen, die unser Herrgott wachsen läßt, da macht sich das von selbst, aber . . .‘ — ‚Wie meinen Sie denn: aber, Herr Ehrenfried?‘ — ‚Ich meine, mit den Kapitalien‘, sagte er, ‚die der Mensch sich sauer verdienen muß; da könnte das bißchen Leben leicht zu kurz werden.‘ Und ich verstand noch immer nicht, Herr Lehrer, wo das hinaus sollte. ‚Kann ich Ihnen in etwas dienlich sein,

Herr Ehrenfried?' fragte ich. — ,Sie wissen vielleicht, Mamsell Meta', fuhr er fort, ohne meine Frage zu beachten, ,ich habe ein kleines Vermögen, ein sehr kleines, wovon meine Schwester bislang die Zinsen genossen hat. — Sie bedarf deren nun nicht mehr.' Und er schwieg einige Augenblicke und dampfte heftig aus seiner Pfeife. ,Dieses kleine Vermögen', begann er dann wieder, ,ist für mich allein zu viel, denn was ich bedarf, erhalte ich von unserm Herrn Prinzipal; aber es ist wiederum zu wenig, um ein eigenes Geschäft zu beginnen.' Und zögernd setzte er hinzu: ,Sie besitzen auch von Vaters wegen eine Kleinigkeit, Mamsell Meta; was meinen Sie, wenn wir zusammenlegten? Ich denke fast — es würde reichen.' — Und sehen Sie, Herr Lehrer, so legte ich denn meine Hand in die seine, die er mir über das Gartenbeet hinüberreichte. Es war kein Übermut dabei, aber es war beiderseits doch treu gemeint. — Wir gingen noch eine Weile in dem großen Steige auf und ab und besprachen uns, daß wir die Sache noch geheimhalten und beide noch ein paar Jahre in unserer Kondition bleiben wollten, damit wir die Ausstattung davon zurücklegen könnten. Mitunter standen wir still und hörten, wie noch immer drunten aus der Marsch die Lerchen sangen.

So gingen ein paar Jahre hin, und wir gewannen ein rechtes Vertrauen zueinander. Oft in der Morgenfrühe, wenn noch die Häuserschatten über der Gasse lagen, trafen wir uns draußen vor der Haustür. Wenn Ehrenfried hinausging, um die Eisenwaren auf dem Beischlag auszustellen, war ich schon draußen und putzte an der Tür den großen Messingklopfer. ,Nun, Meta', sagte er dann wohl, ,ich denke, wir werden unser Glück doch nicht verschlafen!' — Er stand schon in Handel um ein kleines Haus, und wir begannen es in Gedanken miteinander einzurichten; wir kannten schon jedes Stück Gerät in unsern Stuben und jeden Topf, der auf unserm Herde kochen sollte. Oft sprachen wir so in der Morgenstille miteinander, bis dann die ersten Bauerwagen die lange Straße herabklapperten und sich auf dem Markte aufstellten.

Es kam anders, Herr Lehrer. Der Krieg brach aus, und niemand hatte Zeit, noch an sich selbst zu denken. Eines Mittags, da zuerst die Freischaren mit ihren Schlapphüten und Pistolen in die Stadt kamen, steht ein großer bärtiger Mann vor mir und reicht mir seinen Quartierzettel. Es schoß mir in die Knie, da ich ihm ins Gesicht blickte. Es war mein Bruder. ,Christian', rief ich, ,was in Gottes Namen willst du jetzt hier?' — ,Meta', sagte er, ,das Herz ist immer noch zu Haus; es hat mir keine Ruh gelassen!' — Und so hatte er das Geschäft einem Kompagnon anvertraut und Frau und Kind bei seinen Schwiegereltern untergebracht. Ehrenfried schüttelte den Kopf. ,Was soll das nützen', sagte er, ,wir haben junges Volk genug, die Älteren werden schon später darankommen, sobald es nötig ist.' Und als Christian ihn an den Schultern faßte: ,Sei nicht so griesgrämig, Ehrenfried, und mach mir das Herz nicht schwer; es hilft doch nichts, ich muß schon jetzt mit dreinschlagen', da blieb er doch bei seinem Stück: ,Es muß alles in der Ordnung sein.' Er hatte nun einmal so das Temperament nicht, Herr Lehrer. Aber auch der Herr Senator sah oft nachdenklich drein, wenn späterhin der Christian uns seine Kriegsberichte schickte. Endlich, wir müssen wohl sagen, leider Gottes, wurde es Frieden."

Der Lehrer nickte, aber er unterbrach seine Freundin nicht.

„Unsere guten Leute wurden in die Fremde getrieben, und die Fremden kamen und setzten sich im Lande fest. Mein Bruder saß wieder drüben in seinem Geschäft und bei seinen Büchern. Ich will keinem unrecht tun; aber er mochte es doch wohl nicht in den rechten Händen gelassen haben; denn es war mir nicht entgangen, daß zwischen ihm und unserm Herrn plötzlich ein eiliges Schreiben hin und wider lief; und als ich gelegentlich anfragte, drückte der Herr mir die Hand und sagte: ,Sorge nur nicht zu sehr, Meta; in dem Kampf um die alte Heimat ist er mit einer Schmarre davongekommen; er muß nun hinterher noch um die neue kämpfen; aber du weißt, dein Bruder ist ein tüchtiger Mann; und nun laß uns sorgen, und geh du in deine Küche!' Ich sorgte aber doch; denn von Ehrenfried hatte ich gehört, daß auch unsern Herrn Senator schwere Verluste getroffen hatten.

Mittlerweile wurde es wieder einmal Frühling, und es war mir fast, als wenn es von der Sonne käme, die nun so hell in den dunkeln Laden schien, daß Ehrenfried eines Morgens wieder von einem Hauskauf zu reden anfing und daß wir uns dann endlich das Wort gaben, auf den Herbst unsere Sache in Ordnung zu bringen. Wir hatten es schon auf den nächsten Sonntag festgesetzt, daß wir der Herrschaft unsere Heimlichkeit offenbaren wollten; da, am Freitagnachmittag — wir sollten auf den Abend eine kleine Gesellschaft haben, und ich war eben auf meine Kammer gegangen, um mich ein wenig anzukleiden — bringt mir der Ladenbursche einen Brief von meinem Bruder. Und da stand es denn geschrieben: er war am Bankrott. Aber mein Kapital, was ich von unserm Vater hatte, das — so schrieb er — konnte ihn noch retten. Ich verschloß den

49

Unglücksbrief in meine Schatulle; dann entsann ich mich, daß noch Radieschen zum Nachtisch aus dem Garten geholt werden sollten. Ich nahm ein Körbchen und schlich die Treppe hinab, um unbemerkt aus dem Hause zu kommen; denn ich hätte um alles jetzt dem Ehrenfried nicht begegnen mögen. Ich weiß nicht, wie ich hinten aus dem Hause und die kleine Straße hinab nach dem Garten gekommen bin. Vorn an der Pforte hätte ich fast den Herrn Senator umgerannt. ,Ei, Meta', rief er und hob lachend den Finger gegen mich, ,mit der Küchenschürze über die Straße!' Aber so alteriert war ich, Herr Lehrer; das war mir all mein Lebtage noch nicht passiert.

Es wurde schon Abend, und es gemahnte mich recht wie damals; denn der Flieder duftete, und von unten aus der Marsch kam auch wieder wie dazumal ein sanfter Vogelgesang.

Aber ich ging mit dem leeren Körbchen in dem großen Steige auf und ab und zerriß mir unachtlich die Kleider an den Stachelbeerzäunen. Meine Gedanken verloren sich in die alte Zeit, in das Kämmerchen, wo mein armer Bruder und ich als Kinder in unsern schmalen Bettchen schliefen. Mir war wieder, als höre ich nebenan im Wohnzimmer die Schwarzwälder Uhr zehn schlagen; und nach dem letzten Schlage wird drinnen das Schreibpult abgeschlossen, und mein Vater öffnete leise die Kammertür. Wie oft, wenn ich noch wachend lag, hatte ich heimlich durch die Augenlider geblinzelt, wenn er sich über seinen Liebling beugte und sorgsam das Deckbett über ihm zurechtlegte, damit nur keine Zugluft die nackten Gliederchen berühre; bis dann des Vaters Hand sich auch auf mein Haupt legte und ich von seinen Lippen einen Laut vernahm, den ich nicht verstehen konnte, aber den ich doch in meinem Leben nicht vergessen habe. — Die hülfreiche Hand unseres Vaters lag längst im Grabe; aber was sie mit saurem, ehrlichem Fleiß erworben, das war noch da; ich hatte es, und es reichte noch, um die Blöße seines Lieblings zuzudecken. — Und doch, was sollte aus Ehrenfried und mir nun werden? Aber wir lebten ja geborgen, wir gaben nur einen Herzenswunsch daran; der arme Christian hatte sich nicht bedacht, da er alles hinter sich ließ, um seiner Heimat in ihrer Bedrängnis beizustehen.

So hatte ich in schweren Gedanken meinen Korb mit Radieschen gefüllt und trat nun aus dem Garten, dem kleinen Hause gegenüber, was dazumal dem Steinmetzen gehörte. Die Sonne spiegelte sich in den Fensterscheiben, und ich stand eine Weile und betrachtete es mir; denn es war dasselbe, um welches Ehrenfried im Handel stand. Da fielen meine Augen auf die goldene Inschrift eines neuen Grabsteins, der neben der Haustür an der Mauer lehnte; und, Herr Lehrer, ich las die Worte: ‚Niemand hat größere Liebe denn die, daß er sein Leben lässet für seine Freunde.‘“

„Evangelium Johannes, Vers dreizehn im funfzehnten Kapitel“, sagte leise der alte Mann im Lehnstuhl.

„Es war der Denkstein, den Sie für Ihren gefallenen Sohn bestellt hatten“ — und die Erzählerin reichte ihrem Gaste die Hand, der sie schweigend drückte; „ich habe den Spruch seitdem nicht mehr vergessen. Es stand nun fest in mir, daß ich das Geld geben mußte. — Aber als ich dann aus dem hellen Sonnenschein in unser großes dunkles Haus trat, fiel es mir doch wieder schwer aufs Herz, so daß ich’s nicht von mir bringen konnte bis auf den Abend. Als die Herren in der Oberstube an ihrem L’hombre saßen, ging ich hinab in den Laden. Ehrenfried stand an der Bank und zählte Nägel in Pakete, was sonst der Lehrling zu tun hatte, aber der war zu seinen Eltern über Land. Ich erschrak fast, da ich seine Stimme hörte. ‚Nun, Meta‘, sagte er, ‚wo hast du denn gesteckt! Der Steinmetz ist bei mir gewesen von wegen dem Hause, und morgen — wird alles in Richtigkeit kommen.‘ — Es schoß mir in die Knie, und ich zitterte; denn er sah so seelenvergnügt dabei aus. Ich vermochte nur stumm den Kopf zu schütteln. ‚Was fehlt dir, Meta?‘ fragte er. ‚Nichts fehlt mir, Ehrenfried; aber wir dürfen das Haus nicht kaufen.‘ Und als er mich erstaunt ansah, erzählte ich ihm alles, und was ich zu tun entschlossen war. Aber währenddessen wurde sein Gesicht immer strenger und strenger; und als ich zufällig niederblickte, sah ich, daß er sich mit dem Eisenstift, den er in der Hand hielt, den Daumen blutig gerissen hatte. ‚Und du willst das Geld geben?‘ fragte er, und seine Stimme klang so gleichgültig, als gehe das ihn selber gar nicht an. ‚Ja, Ehrenfried, ich kann nicht anders.‘ — ‚Nun freilich, Meta, dann reicht’s nicht mehr.‘ — Er schwieg und begann wieder seine Nägel einzuzählen. ‚Ehrenfried‘, sagte ich, ‚sprich doch zu mir; wir hatten’s für uns beide bestimmt; du mußt dein Wort mit dazugeben!‘ Aber ich bat umsonst; er sah nicht auf. ‚Wenn dir dein Bruder näher ist‘, sagte er und begann seine Pakete einzuschlagen und wegzupacken. Indem wurde ich nach oben gerufen, und als ich nach einer Stunde wieder in den Laden hinabging, war Ehrenfried in seine Kammer gegangen. — Nur der Allmächtige weiß, was ich die Nacht mit mir gerungen habe; eine Stunde um die andere hörte ich unten vom Flur herauf die Wanduhr schlagen.

Ich konnte mein Leben nicht für meine Freunde hingeben, aber das bißchen Silber, Herr Lehrer, das konnte ich doch. Es war ja auch nicht um mich; ich sah wie eine Waage vor mir: auf der einen Schale war der Name ‚Ehrenfried‘ und auf der andern der meines Bruders; ich sann und sann, bis mir das Hirn brannte; aber es wurde nicht anders, wenn die eine Schale sank, so stieg die andere. — Ich mag wohl endlich eingeschlafen sein; denn als ich die Augen aufschlug, kam schon die Morgendämmerung durch die kleinen Scheiben; und als ich mich ermunterte, hörte ich draußen vor der Kammer auf dem Gange einen Schritt. Mitunter blieb es eine Weile an der Tür; dann ging es wieder vorsichtig auf und ab. Ich stieg aus dem Bett und kleidete mich an, und indem glaubte ich auch den Schritt zu kennen. Als ich bald darauf aus der Tür trat, stand Ehrenfried vor mir. Sein Gesicht war blaß, aber freundlich. Er streckte mir schweigend seine Hand entgegen und hustete ein paarmal, als ob er sprechen wollte. ‚Es hat nicht sein sollen, Meta‘, sagte er endlich; ‚wir wollen's dem lieben Gott anheimstellen.‘ Dann drückte er mir noch einmal die Hand, nickte mir zu und ging die Treppe hinab an sein Geschäft. Noch an demselben Tage schrieb ich meinem Bruder. — Zwischen mir und Ehrenfried ist dann von diesen Dingen nicht mehr die Rede gewesen; wir lebten wieder still nebeneinander fort, und allmählich war es zwischen uns fast, wie es sonst gewesen; auch das ‚Du‘ gebrauchten wir nicht mehr, wenn wir, was selten geschah, einmal zusammen sprachen. Aber in den Garten hinter dem Speicher bin ich seitdem nicht gern gegangen, und wir haben uns auch niemals wieder dort getroffen. — Die Jahre vergingen, wir wurden alt, und die Stadt um uns wurde immer fremder.“

Die Erzählerin schwieg. „Ich dächte“, hob der Lehrer an, indem er fast mit einer ehrfürchtigen Scheu auf seine Freundin blickte, „Ihr Herr Bruder sei ein Mann in auskömmlichen Verhältnissen; so ist er wenigstens in der Leute Mund.“

„Er ist es geworden, Herr Lehrer — später, und er hat mir das Darlehn auch bei Heller und Pfennig und mit allen Zinsen zurückbezahlt; aber es war kurz vor Ehrenfrieds Tode und schon in seiner letzten Krankheit. — Ja, was ich sagen wollte, ein paar Tage vor seinem Ende, des Ehrenfried, mein ich, war viel Besuch in seiner Kammer; die Gerichtspersonen waren dort gewesen, und auch unsern Nachbarn, den Goldschmied, hatte ich am Morgen herauskommen sehen. Als ich nachmittags die Mixtur hineinbrachte, bat Ehrenfried, mich neben seinem Bette niederzusetzen. ‚Meta‘, sagte er, denn ich hatte ihm das vorhin erzählt, ‚das Geld wäre nun wohl wieder beisammen, aber das Leben ist indessen alle geworden. — Da hab ich nun, als ich so dagelegen, bei mir gedacht, es müßte doch schön sein, wenn einer, wo es just die rechte Zeit wäre, so einmal aus dem vollen leben könnte und ohne Kümmernis. Uns ist es so gut nicht geworden und unsern Eltern auch nicht; mir ist, als hätten wir alle nur ein Stückwerk vom Leben gehabt. Und weiter hab ich mir gedacht, wenn unser Kapital zusammenkäme!‘ — Und als ich das abwehren wollte, richtete er sich ungeduldig in seinen Kissen auf. ‚Nein, nein, Mamsell Meta‘, sagte er, ‚reden Sie mir nicht dazwischen!‘ — Und dann duzte er mich wieder und legte seine magere Hand auf meinen Arm. ‚Es ist ja nicht um dich, Meta, aber dein Bruder Christian hat einen Sohn; ich weiß, er hat ihn tüchtig angehalten, und er wird einmal dein Erbe sein. Vielleicht, um was sich viele gemüht haben, daß es nun einmal einem zu einem ganzen Menschenleben helfen mag. Darum habe ich in meinem Testament meine verlobte Braut, die Jungfrau Hansen, zu meiner Universalerbin eingesetzt. Du wirst mir das nicht übelnehmen, Meta; wir haben es doch mal so im Sinn gehabt.‘ Und als meine Tränen auf seine Hand fielen, nahm er einen goldenen Ring aus einem Kästchen und steckte mir ihn an. ‚Der ist für dich allein‘, sagte er, ‚es schickt sich besser vor den Leuten, und‘, setzte er leis hinzu, ‚trag ihn auch zu meinem Gedächtnis!‘“

Die alte Jungfrau schwieg und faßte wie liebkosend den schmalen Reif, den sie am Goldfinger trug. — — Es war jetzt fast dunkel in dem kleinen Zimmer; nur ein schwacher Abendschein drang durch die beschlagenen Fensterscheiben.

Der alte Lehrer war aufgestanden. „Wenn ich den Spruch auf meines armen Knaben Stein gelesen“, sagte er, „so habe ich bisher nur seiner dabei gedacht; aber“, setzte er hinzu, und seine Stimme zitterte, „Gottes Wort ist überall lebendig.“

Er bückte sich, um seinen Korb mit den Festtagseinkäufen aufzunehmen, der hinter ihm in der Ecke stand. Mamsell Meta nötigte ihn, noch ein Weilchen zu verziehen, der Mond werde ja aufgehen. Er dankte; „die Meinen warten“, sagte er, „es ist noch eine Stunde Weges bis nach Haus.“ Da sie den Gast nicht halten konnte, zündete sie ein Licht an den glimmenden Kohlen im Ofen an und packte noch eine große Düte mit den Weihnachtspfeffernüssen der Frau Senatorin, die sie alles Widerstrebens ungeachtet zu den andern Dingen in den Korb legte; sie erkundigte sich auch — wie hatte sie es nur vergessen können! —

53

nach dem zehnjährigen Töchterchen, dem Nesthäkchen ihres alten Gastes, und er schüttelte ihr die Hand und sagte nicht ohne eine kleine Feierlichkeit: „Ich danke für die Nachfrage, werteste Mamsell, sie wächst zu unserer Freude heran."

Dann ging die Tür auf, und die Magd trat herein; in vollem Anzug, den Hut auf dem Kopf. „Ich bin fertig, Mamsell", sagte sie; „wenn sonst nichts zu besorgen ist, so möchte ich nun zu meiner Mutter gehen."

„Du kannst gehen, Wieb; sei aber morgen zeitig wieder da", beschied Mamsell Meta. „Nimm auch dem Herrn Lehrer seinen Korb, du hast ja denselben Weg."

Der alte Mann ließ sich das gefallen. „Sie ist ja mein Schulkind gewesen", sagte er freundlich nickend.

„Und zeig dem Herrn Lehrer den Weg oberhalb über den neuen Steg", fuhr Mamsell fort, „das spart ein Viertelstündchen."

Wieb schüttelte den Kopf. „Das geht nicht", sagte sie, indem sie den Korb des Lehrers nahm; „der neue Weg ist unter Wasser; wir müssen unterhalb über den alten Steg und dann den Fußweg durch den Eichenbusch."

Der Lehrer nickte. „Der Eichenbusch soll verkauft sein", bemerkte er beiläufig; „so hörte ich heute in der Stadt."

„Verkauft?" fragte Mamsell Meta; denn es fiel ihr ein, daß bei ihrer Kahnfahrt Marten grade mit diesem Grundstück den Heidehof hatte vervollständigen wollen. „An wen denn verkauft, Herr Lehrer?"

„An einen Fremden; den Namen habe ich nicht gehört."

,Hm', dachte Mamsell Meta, ,da ist also der Herr Senator diesmal doch zu spät gekommen.'

Dann geleitete sie ihren Gast vor die Haustür. — Es war kalt, die Sterne standen schon am Himmel, nur ein schwacher Schein am Horizont zeigte, wo die Sonne verschwunden war. „Wie unruhig die Sterne sind", sagte der Alte noch, „wir haben Frostwetter, Mamsell Meta."

Meta stand in der Haustür und sah den beiden nach, wie sie gegen Westen den Fußsteig nach dem Bach hinabgingen. Das Dunkel der Heide hatte sie bald ihren Blicken entzogen; nach einer Weile aber wurden sie noch einmal in der Ferne sichtbar, auf dem Hügel drüben; fast übernatürlich groß erschienen ihr die Gestalten, wie sie sich schattenhaft gegen den schwachen Schein des Abendhimmels abhoben. Endlich waren sie ganz verschwunden. Dann hörte sie noch unten vom Bach her das Geräusch der Fußtritte auf dem Stege, und dann war alles still.

Sie war allein. Nur im Stall in der Scheune waren die kleinen Ponys und die Kuh, und daneben in dem Verschlag saß schlafend das Federvieh auf seinen Leitern; hinter ihr im Hause strichen ein paar scheue Katzen durch die dunkeln Räume. Leise drückte sie die Haustür zu und ging in ihre Stube.

Mit trockenem Heidereis und Torf brachte sie das Ofenfeuer wieder zum Brennen, daß es gesellig zu prasseln begann; dann, nachdem sie den Tisch abgeräumt und das Licht geputzt hatte, setzte sie sich in den Lehnstuhl und brach das Siegel ihres Weihnachtsbriefes. Sie las langsam und mit ganzer Andacht, und als sie an das Ende des Briefes kam, flog ein glückliches Lächeln über ihr Gesicht, und die Hand, welche ihn hielt, sank auf den Tisch. „Er kommt endlich, nach zehn langen Jahren!" rief sie vor sich hin. Sie las die Stelle noch einmal, sie hätte nun auch Tag und Stunde wissen mögen; doch es hieß nur: „In nächster Zeit." Sie mußte sich begnügen. — „Aber warum hat denn der Junge, der Friedrich, nicht geschrieben? — Und auch das Bild, das mir versprochen wurde, ist nicht dabei!" Die gute Tante wäre fast verdrießlich geworden. Aber sie besann sich; sie stand auf und ging mit dem Licht nebenan in die herrschaftliche Stube. Rasch öffnete sie das Schubfach einer Kommode, denn es war kalt hier, und die Möbel mit ihren Überzügen standen unwirtlich in dem großen leeren Raume; dann, nachdem sie ein Päckchen alter Briefe herausgenommen, ging sie eilig damit in ihr heimliches Stübchen zurück. Bald saß sie wieder in ihrem Lehnstuhl und begann die Briefe sorgfältig durchzusehen. Endlich kam sie an den rechten Jahrgang; ein kleines Lichtbild lag dazwischen, das sie mit zärtlichem Wohlgefallen betrachtete. Es war das Porträt eines kräftigen, etwa vierzehnjährigen Knaben, dessen treuherzige Augen nicht ohne einigen Trotz unter dem buschigen Haar herausschauten. „Aber das war vor sechs Jahren", sagte sie, „er muß ja jetzt ein ganzer Kerl sein." Und dann entfaltete sie den Brief ihres Bruders, der das Bild begleitet hatte. „Du wirst den Jungen nicht verkennen", schrieb er, „auch über seiner Stirn erhebt sich jener widerspenstige Haarwirbel, den der selige Subrektor seinem Vater als eine Opposition gegen die Autorität der Schule auslegte und den er in der Numa-Pompilius-Stunde mir ebenso unermüdet als vergeblich niederzustreichen bemüht war." Sie lächelte; die kräftige Knabengestalt ihres Bruders stand vor ihren Augen. Sie sah ihn im Streit mit dem rotnasigen Stadtsdiener, der keine Rutschschlitten auf dem abschüssigen Markte dulden wollte, und dann wieder zusammen mit seinem Freunde, dem jetzigen Senator, wie

55

sie draußen im Sonnenschein am Deich lagen und ihre Drachen steigen ließen. ‚Und wenn ich sie zu Mittag rufen mußte‘, dachte sie weiter, ‚und sie mit ihrem Drachen dann wieder ein Stück weiter auf den Deich hinausrückten, und immer weiter, je mehr ich hinter ihnen herlief, bis sie mich denn am Ende richtig zum Weinen gebracht hatten.‘ Und kopfschüttelnd setzte sie hinzu: ‚Das waren ein Paar Gäste, sie kamen nie zu rechter Zeit nach Haus!‘ — Immer hingebender blickte sie in die Perspektive der Vergangenheit, wo eine Aussicht immer tiefer als die andere sich eröffnete. Die damals so traulichen Straßen ihrer Vaterstadt sah sie belebt von frischen rotwangigen Kindergestalten; sie gingen paarweise mit dem Schulsack überm Arm in eifrigem Geplauder durch die Straßen; oder der Sommerabend war herabgekommen, und sie rannten, Knaben und Mädchen, auf ihren Spielplatz unter den Linden vor der Kirche; sie selbst überall dabei und derzeit, so dachte die alte Jungfrau, keineswegs die Stillste. ‚Nein, nein! eine wahre Hummel, ein Dreivierteljunge, wie der alte Senator immer gesagt hatte.‘

Sie schüttelte lächelnd den Kopf; dann, wie müde von all der munteren Gesellschaft der Vergangenheit, lehnte sie sich zurück und faltete die Hände.

Aber die Ruhe war ihre Sache nicht. Bald saß sie wieder aufrecht, und nachdem sie durchs Fenster einen Blick in die Nacht hinaus getan hatte, stand sie auf und verließ die Stube. Sie mußte einmal horchen, ob in den Ställen alles ruhig sei.

Sie ging über die Tenne auf den Hof hinaus. Draußen, an den schweren Torflügel gelehnt, blieb sie stehen. Die Sterne blitzten über ihr; aber auf der Erde, hier gegen Osten, war es gänzlich finster: die Morgenstunde, wo dort am Horizont die Sonne aufgestiegen, war längst vorüber; nicht der leiseste Tagesschimmer war hier auf der Erde zurückgeblieben. Sie beugte sich vor und lauschte. Links vom Hause, ein wenig tiefer hinter dem kleinen Wassertümpel, lag die Scheuer mit den Ställen; aber es war alles ruhig, nur das Rupfen der Kuh an der Krippe war zu hören und mitunter ein Stampfen der kleinen Ponys. Fast unwillkürlich warf sie einen Blick in die Ferne, ob sie drunten im Moor die alte Eiche erkennen möchte, den einzigen Baum, der über Tag von hier aus zu entdecken war. Aber sie sah nur die Brunnenstange vor sich in die Nachtluft ragen; wenige Schritte dahinter begann der dunkle Zug der Heide und streckte sich von allen Seiten schwarz und undurchdringlich in die Nacht hinaus. Ein Luftzug regte sich; leise, langsam durch das rauschende Heidekraut hörte sie es auf sich zukommen. So war es da und zog vorüber, bis sich das Rauschen wieder in die Ferne hinter ihr verlor.

Da plötzlich unten vom Moor herauf schlug ein Tierschrei an ihr Ohr, heiser und gewaltsam. Die Alte schauerte, sie legte die Hand an den Griff des offenstehenden Tores; ihr war, als habe aus der ungeheueren leblosen Natur selbst dieser Laut sich losgerungen, als habe ihn die Heide ausgestoßen, die so schwarz und wild zu ihren Füßen lag. Und dann! Einige tausend Schritt in das Dunkel hinaus, sie wußte das wohl, stand noch der Pfahl und wurde von der Gemeinde des nächsten Dorfes noch unterhalten, zum Gedenken, daß hier ein Bauernkind von Wölfen zerrissen worden war. Freilich, das sollte über hundert Jahre her sein; es gab längst keine Wölfe mehr im Lande, die mit heiserem Geheul durch die Finsternis trabten. — Aber konnten die Nebel der Heide sich nicht wieder zu diesen unheimlichen Tiergestalten zusammenballen, damit auch das Entsetzen, das nachts auf diesen Mooren lagerte, seine Stimme wiederbekäme?

Die Alte schüttelte sich ein wenig; denn die dunkeln Vorstellungen des Volksglaubens, welche die Einsamkeit dieser Küstengegend ausgebrütet, lagen auch in ihrer Seele. Aber sie wußte sich zu fassen. Sie räusperte sich ein paarmal herzhaft und laut, damit sie nur wieder einen Ton der Menschenstimme vernehme; und gleich darauf bedachte sie es, daß ja dort unten, von wo der Schrei gekommen, der Bach durch das Bruchland gehe; es mochten zwei Ottern gewesen sein, die sich um einen Fisch oder um einen erhaschten Vogel gerauft. Ja, das war es gewesen, weiter nichts.

Wenn nur die Magd die Enten alle in den Stall getrieben hatte! Die eine mit der grünen Tolle pflegte da hinab an den Strom zu gehen und auch wohl einmal draußen zu bleiben. — Das Wässerchen, worauf sie am Tage ihr Wesen zu treiben pflegten, lag schwarz und glitzernd zu ihren Füßen. Sie ging vorsichtig an dem Rand der Pfütze zur Scheuer hinab und öffnete die Tür des Hühnerstalles, aber die Dunkelheit ließ nichts erkennen; nur hinten von der Leiter herab kam ein kurzes unwilliges Gekräh des großen Hahnes.

Mamsell Meta kehrte ins Haus zurück. Noch einmal, als sie den Torflügel hinter sich anzog, schlug aus der Ferne der Tierschrei an ihr Ohr. Hastig legte sie den großen Holzriegel vor; dann aber ging sie über die Tenne, an ihrer Stube vorbei, und trat dann aus dem vorderen Tor wiederum ins Freie. Das Licht in ihrem Stübchen warf durch die Fenster einen geselligen Schein hinaus, auch war hier gegen Westen der Himmel lichter, und

57

drüben, wohin ihre Augen blickten, lag die Stadt und das Haus ihrer Freunde. Ein heimliches Gefühl als wie von Menschennähe überkam sie. Aber die Stadt war nicht zu sehen, nicht einmal die Kirchturmspitze, die sie am Tage aus ihrem Stubenfenster sah, und ihre Augen hoben sich unwillkürlich zu der großen blitzenden Himmelsglocke, die in feierlicher Ruhe auf dem dunkeln Erdenrunde stand. Es war so still, daß sie droben das leise Brennen der Sterne zu vernehmen meinte. Und immer neue, immer fernere drangen, je länger, je mehr, einer hinter dem andern aus dem blauen Abgrund über ihr. Und immer weiter folgte ihr Blick; ihr war, als flöge ihre Seele mit von Stern zu Stern, als sei sie droben mit in der Unendlichkeit. „Du großer, liebreicher Gott", flüsterte sie, „wie still regierst du deine Welt!" Ein roter Schein flog über den Himmel, es mochte der Strahl eines beginnenden Nordlichts sein; da gedachte sie des Weihnachtabends und sagte: „Christkindlein fliegt!" Die Strahlen breiteten sich aus und schossen bis zum Horizont hinab, und als ihre Augen folgten, gewahrte sie unten auf der Erde, dort, wo die Stadt lag, den Schimmer eines Lichtes. Sie nickte und dachte: ‚Nun zünden sie die Weihnachtsbäume an.' — Aber es fiel ihr ein, sie hatte abends nie die Lichter der Stadt gewahren können, denn eine Erhöhung des Bodens lag dazwischen, auch wenn es doch nicht gar zu fern gewesen wäre. Und jenes Licht vor ihr, es blieb auch nicht an einer Stelle, es wanderte und strahlte seitdem schon weiter rechts, oben wo die große Straße entlangführte. Auch war es offenbar viel näher, als es ihr zuerst geschienen, und jetzt hörte sie drüben auf dem Steindamm der Chaussee einen Wagen rasseln, und der Schall und das Licht kamen immer näher und waren endlich fast in gleicher Richtung mit dem Hause. Plötzlich hörte das Getöse der Räder auf, aber der Schein brannte fort; es war kein Zweifel, der Wagen mußte von der Chaussee auf den Feldweg gefahren sein, der von dort fast in grader Richtung auf das kleine Gehöft führte. Und nun hörte sie auch das Schnauben der Pferde und das dumpfe Rumpeln der Räder auf dem unebenen Heideboden. Dann noch ein Peitschenknall, und eine kleine Halbchaise, an welcher vorn zwei Laternen brannten, rollte durch die Lücke des Walles und hielt in dem hellen Schein, der aus den Fenstern brach. In demselben Augenblick vernahm sie auch das Gekläff ihres kleinen Täckels, und schon arbeitete er freudewinselnd mit beiden Vorderpfoten an ihr empor.

„Da wären wir, junger Herr!" rief Martens bekannte Stimme, der nun vom Kutscherstuhl über das Rad hinabkletterte und dann das Deckleder vor der Chaise zurückschlug. „Guten Abend, Mamsell!"

Mamsell nickte nur schweigend; sie wußte nicht, was das bedeuten solle. Aber schon wurde sie von einem stattlichen jungen Mann begrüßt, den sie erstaunt und knicksend in die Stube nötigte. Ein paarmal, während sie eilig die Briefe auf dem Tisch zusammenräumte, wanderte ihr Blick stutzig und forschend zwischen seinem Antlitz und dem noch vor ihr liegenden Lichtbildchen hin und wider. Als er aber nach Ablegung seiner schweren Wildschur mit der Hand über das buschige braune Haar strich und der eigensinnige Wirbel sofort wieder emporschnellte, da flog ein Lächeln glücklicher Gewißheit über ihr Gesicht. Sie streckte beide Arme nach ihm aus; und: „Meine liebe Tante Meta!" rief der junge Mann. Und das alte Mädchen, das noch eben so allein gewesen, hielt plötzlich einen ihres Blutes in den Armen; und ein stattlicher Junge war's.

„Aber wo ist dein Vater?" begann sie nach einer Weile, während der Neffe fast verlegen geworden wäre unter dem langen, zärtlichen Blick der Tante. „Er wollte ja doch selber kommen?"

„In der Stadt, Tante Meta; und ich bin hergeschickt, um dich zu holen."

Sie wurde unruhig, zitternd in großer Erregung ging sie in der Stube umher; planlos griffen ihre Hände nach dem und jenem und legten es wieder fort. „Aber ich habe die Magd ja fortgeschickt!" sagte sie.

„Aber, Tante, dein alter Marten ist ja wieder da."

Und sie ging an den Ofen und nahm die Kaffeekanne aus der Röhre. „Ich will mich fertigmachen, Friedrich. Trink indes ein Täßchen und setz dich in den Lehnstuhl!"

So, während sie dazwischen bald eine Pfeffernuß auf seine Tasse legte, bald aufs neue wieder einschenkte, hatte sie endlich ihre Pelzkappe aufgesetzt und sämtliche Mäntel und Tücher umgetan. Fast hätte ihr jetzt der Mut gefehlt, ihren jungen Gast zu stören; er saß so lächelnd da, und wie ihm alles schmeckte! Aber die Sehnsucht nach ihrem Bruder gönnte ihr nun selbst keine Ruhe. Nachdem Marten hereingerufen und gehörig instruiert war, traten sie reisefertig vor die Haustür. Der Mond war indessen aufgegangen; unten von den Wiesen blinkte der Strom herauf. Friedrich, während er die Tante in den Wagen hob, stand noch einen Augenblick und sandte wie prüfend seine Augen über die ungeheure dunkle Fläche. „Und das ist das Wasser, Tante, wo ihr heute die großen Karpfen gefangen habt?"

„Freilich, Friedrich, und den schönen Hecht nicht zu vergessen."

„Und dort über dem Wasser liegt der Eichenbusch?"

„Woher weißt du denn das alles, Junge?" rief Tante Meta aus dem Fond der Chaise.

„Nun, was hätte dein alter Marten mir denn unterwegs erzählen sollen? — Aber mehr Leute müßtest du haben, und jüngere", rief er, indem er zu ihr in den Wagen stieg, und es klang der Tante fast ein wenig übermütig, als er, lachend und ihre Hand ergreifend, hinzusetzte: „Ihr seid hier eine gar zu ehrenfeste Gesellschaft!"

Ihre Antwort verhallte in dem Geräusch des abfahrenden Wagens. Bald hatten sie die Chaussee erreicht, und nach Verlauf einer kleinen Stunde rollten sie über das Straßenpflaster der Stadt. Hie und da sahen sie im Vorüberfahren noch einen verspäteten Weihnachtsbaum brennen; im allgemeinen schien die eigentliche Feierstunde schon vorüber, nur die bettelnden Haufen der kleinen Weihnachtssänger zogen noch unermüdlich von einer Tür zur andern. Ein paar große Gebäude waren besonders hell erleuchtet; aber Tante Meta schloß die Augen, als sie daran vorüberkamen; denn hier wohnten die „neuen Beamten", wie sie noch immer von ihr genannt wurden, obgleich schon ein ganzer Nachwuchs für sich und die verhaßte Sprache Geburts- und Heimatrechte der deutschen Stadt in Anspruch nahm.

Auf dem Markt vor dem stattlichen Hause des Senators hielt der Wagen. Die Frau Senatorin empfing ihre alte Freundin an der Tür. „Nicht wahr, Meta", sagte sie, indem sie auf die große Außendiele traten, „weniger tat es nicht, um dich zu deinen Freunden in die Stadt zu bringen?"

Meta war zu bewegt, um zu antworten. Während die Magd ihr die Reisekleider abnahm, blickte sie zur Linken in den geräumigen Kaufladen, wo sie einst mit Ehrenfried in mancher Morgenfrühe vergebliche Pläne für ein bescheidenes Lebensglück entworfen hatte. Aus der Wohnstube an der anderen Seite des Flurs hörte sie zwei Männerstimmen in lautem Gespräch; die eine kannte sie, die andere war ihr fremd geworden. Die Sprechenden mochten beide die Ankunft des Wagens überhört haben.

Als Meta mit ihrem Neffen hereintrat, sah sie neben dem Senator einen kräftigen älteren Mann mit lebhaft gerötetem Antlitz am Ofen stehen; das volle buschige Haupthaar war schneeweiß. Mitten in seiner lauten Rede brach er ab und sah sie wie zweifelnd mit seinen dunkeln Augen an, aber in demselben Augenblick hielt er die alte Schwester in den Armen.

„Da hast du ihn, Meta", rief der Senator, „es ist noch immer der alte Hoffegut. Wo der keine Rosen sieht, da werden niemals welche wachsen!"

Dann kam die Freude des Wiedersehens; ein langes, inniges Gespräch, ein stilles gegenseitiges Betrachten. Aber der Erzähler war meist der Bruder; während er vor ihr stehen blieb, hatte sie sich, wie von dem Übermaß der Freude niedergedrückt, auf einen Stuhl gesetzt. Ihre Hände auf die Knie gelegt, sah sie zu ihm empor und lauschte seinen Worten. Fast blieb die Tasse dampfenden Tees unberührt in ihrer Hand, welche die Senatorin ihr gereicht hatte. „Ja, ja, Christian", sagte sie, „dein Gesicht ist noch das alte; es läßt nur anders bei den weißen Haaren."

„Meinst du", rief er lachend, „aber sie lassen sich auch noch jetzt von keinem Schulmeister niederstreichen. Versuch es nur!" Und er legte die Hand der Schwester auf sein Haupt. „Und nun genug von der Vergangenheit, wir wollen den Weihnachtabend nicht vergessen!" Dann, seinem Sohne und dem Senator einen Wink gebend, führte er sie in das gleichfalls erhellte, hinter der Wohnstube gelegene Zimmer; die andern folgten nach. — Es brannte hier kein Weihnachtsbaum; in diesem Hause hatte seit vielen Jahren keiner mehr gebrannt; denn der Senator war kinderlos. Aber auf dem mit einem grünen Teppich bedeckten Tische standen, jeder mit drei brennenden Kerzen, die sonst nur für die Festtafel bestimmten silbernen Armleuchter; zwischen den Leuchtern vor des Senators emailliertem Schreibgeschirr lag ein beschriebenes Blatt Papier, daneben eine frisch geschnittene Feder.

Meta sah ihren Bruder fragend an.

„Schwester", sagte er, „du bist es, die bescheren soll; noch einmal sollst du deine gesegnete Hand auftun und diesmal, denke ich, dir zur Freude."

Und seine Hand auf den beschriebenen Bogen legend, fuhr er fort: „Wir haben die Punktationen eines Kaufkontrakts über den Heidehof aufgesetzt: Verkäufer ist unser Freund Albrecht hier, als Käufer sind aufgeführt die Geschwister Meta und Christian Hansen. Die Vollziehung einer andern Punktation über den Eichenbusch — denn der, wie die Sachverständigen und dein alter Marten sagen, gehört notwendig mit dazu — wartet nur auf den Abschluß dieses Handels."

„Also du", sagte Meta, „warst der Käufer?"

„Ich nicht allein, Schwester; du mußt allerwegen mit dabei-
sein; denn meine Kräfte reichen hier nicht zu. — Ich selber kann
nicht bleiben", fuhr er fort, indem er mit begeisterter Zärtlich-
keit auf seinen Sohn blickte, „ich muß zurück an meinen Herd,
aber ich schicke einen Jüngeren, der die Sache aus dem Funda-
ment gelernt hat. Schon im Februar mag der Friedrich seinen
Einzug bei dir halten, und dann könnt ihr bauen und Mergel
graben und Heide brennen nach Herzenslust, damit, wenn ich
nach ein paar Jahren wiederkehre, aus der braunen Steppe ein
grünes Heimwesen mir entgegenleuchte. — Wir wollen einen
jungen festen Fuß auf unsere heimatliche Erde setzen; denn trotz
alledem", und seine Stimme sank bei diesem Worte, „ich lasse
es mir nicht nehmen, die Herrlichkeit der deutschen Nation ist
im Beginnen; und wir von den äußersten deutschen Marken, wir
Markomannen, zu Leid und Kampf geboren, wie einst ein alter
Herzog uns geheißen — wir gehören auch dazu!"
Der Senator hatte still danebengestanden. „Du irrst dich,
Christian", sagte er jetzt; „es rührt sich keine Hand um uns;
oder" — und er nahm ein Zeitungsblatt neben sich von der
Kommode — „wie es hier geschrieben steht:

> Die fremde Sprache schleicht von Haus zu Haus
> Und deutsches Wort und deutsches Lied löscht aus;
> Trotz alledem — es muß beim alten bleiben:
> Die Feinde handeln, und die Freunde schreiben."

Aber der alte Freischärler legte die Faust vor sich auf den
Tisch, und die tiefe Narbe über der Stirn begann zu leuchten.
„Mögen sie schreiben!" rief er; „das rechte Wort wandert land-
aus und -ein, rastlos und unantastbar, bis es sein Fleisch und
Bein gefunden hat. Langsam geht es, langsamer als anderswo;
aber" — und die breite germanische Männergestalt richtete sich
in ihrer ganzen Höhe auf — „das Wachstum der Eiche zählt nur
nach Jahrhunderten. Laß dich nicht irren von dem, Schwester! —
Lies nur die Bedingungen; der Verkäufer hat uns nirgends über-
vorteilt."
Sie hatte teilnehmend diesen Reden zugehört. Nun, während
der Senator schweigend seine Zeitung zusammenfaltete, nahm
sie das Schriftstück und begann es aufmerksam zu lesen. Die
Hand, welche das Blatt hielt, zitterte; aber ihr Antlitz verklärte
sich wie von junger aufstrebender Hoffnung, da doch das Leben
sich schon abwärts neigte.
Der Bruder stand ihr gegenüber; die Arme untergeschlagen,

gespannt zu ihr hinüberblickend. — Sie hatte ihn wohl verstanden; er wollte ihr nach Kräften einen Ersatz der Lebensgüter bieten, auf die sie einst durch jenes schwesterliche Opfer hatte verzichten müssen. Sie blickte empor, und die Augen der Geschwister begegneten sich. „Du willst mir gar nichts schuldig bleiben!" sagte sie schüchtern; „aber Christian, du zahlst dich arm dabei."

Der lebhafte Mann schüttelte sein buschiges Haupthaar, als wolle er das Gefühl abschütteln, das ihn überkam. „Nein, nein!" rief er, die Hand wie abwehrend vor sich hinstreckend; „aber ich dächte, Schwester, du hülfest gern deinem Bruderssohn zu Haus und Hof!"

Sie sah ihn an und lächelte; aber noch einmal verschwand das Lächeln für kurze Zeit von ihrem Antlitz, und sie blickte mit fast schmerzlichem Ausdruck auf das vor ihr liegende Schriftstück. Sie mochte des Toten gedenken, über dessen kleinen Schatz sie jetzt auch verfügen sollte. — Dann, nach einer Weile, tauchte sie die Feder ein und schrieb. „Für mich — und Ehrenfried!" sagte sie.

Der Senator ergriff die Hände des jungen Mannes, der schweigend das Ende der Verhandlungen abgewartet hatte. Sein etwas finsteres Auge ruhte mit Wohlgefallen auf der festen, ausgeprägten Stirn des Jünglings. „Weil du es denn gewollt", sagte er, zu seinem Freunde hingewandt, „dein Sohn soll uns willkommen sein. — Und morgen Weinkauf auf dem Heidehof! Nein, Meta, sorge nur nicht; wir kannten dich ja — die Braten sind schon alle hier gemacht."

Weihnachtslied

Vom Himmel in die tiefsten Klüfte
Ein milder Stern herniederlacht;
Vom Tannenwalde steigen Düfte
Und hauchen durch die Winterlüfte,
Und kerzenhelle wird die Nacht.

Mir ist das Herz so froh erschrocken,
Das ist die liebe Weihnachtszeit!
Ich höre fernher Kirchenglocken
Mich lieblich heimatlich verlocken
In märchenstille Herrlichkeit.

Ein frommer Zauber hält mich wieder,
Anbetend, staunend muß ich stehn;
Es sinkt auf meine Augenlider
Ein goldner Kindertraum hernieder,
Ich fühl's, ein Wunder ist geschehn.

Nachwort

Von Gertrud Storm, der Tochter und Biographin des Dichters Theodor Storm, wissen wir, daß Storm zeit seines Lebens zum besinnlichsten Fest des Jahres, zum Weihnachtsfest, ein besonders inniges Verhältnis gehabt hat: „Unser Vater war ein echter, rechter Weihnachtsmann, er wußte jedes Fest erst recht zu einem Feste zu gestalten. Den ganzen Zauber der Weihnacht seiner Kindheit wußte er in unsere Weihnacht zu übertragen. Und so feierten auch wir, seine Kinder, unsere Weihnachtsfeste ganz im Sinne unseres Vaters. Der Weihnachtsbaum wird genau so geschmückt, wie er einst ihm geschmückt wurde, die Kuchen nach den althergebrachten Familienrezepten gebacken, wie sie schon sein Kinderherz entzückten." Auch aus den Briefwechseln des Dichters geht hervor, welche Bedeutung im Jahreslauf dem Weihnachtsfest zukam.

Wie Storm das Weihnachtsfest in der Kindheit erleben konnte, geht aus einem Brief hervor, den er am 19. Dezember 1858 von Heiligenstadt aus, wo Storm nach dem Scheitern der schleswig-holsteinischen Unabhängigkeitsbewegung als Kreisrichter im Exil lebte, an seine Eltern in Husum geschrieben hat. In ihm gibt er ein Bild der Weihnachtsstimmung in seinem Elternhaus wieder: „Wie unendlich gemütlich war das einst vor Jahren, zu Hause, wenn in der großen Stube die Lichter angezündet waren, der Teekessel sauste, die braunen Kuchen und Pfeffernüsse standen auf dem Tisch, Vater und wir Kinder warteten dort auf Lorenzen und Onkel Woldsen, während drüben in der Wohnstube der Weihnachtstisch arrangiert wurde. Ich sehe noch die erleuchtete Außendiele, auf die wir immer, wenn die Haustür ging, ausguckten. Und mir ist, als habe an diesem Abend die Dielenlampe besonders hell gebrannt. Wie oft wurden wir getäuscht, wenn statt der erwarteten Gäste eine Schar singender Kinder in die Haustür drängte. Aber dann ging's erst einmal hinunter in die Küche, wo der große Kessel über dem Herdfeuer stand und wo schon die ersten Futjen auf der Siebschüssel lagen."

Das Gedicht „Zum Weihnachten" ist wahrscheinlich um die Weihnachtszeit 1837 entstanden; zusammen mit dem Märchen „Hans Bär" sandte Storm es zu diesem Fest an seine Jugendliebe, Bertha von Buchan. Auch die Gedichte „Weihnachtsabend", vor 1843 entstanden, und „Weihnachtslied", das 1846 zum erstenmal abgedruckt wurde, lassen deutlich werden, daß sie in einer Zeit der Loslösung vom Weihnachtsfest der Kindheit entstanden sind. In dieser Zeit — Storm hatte im Herbst 1842 sein juristisches Examen bestanden und sich im Februar 1843 als Advokat in Husum niedergelassen — führte ihm eine „ältere Freundin des Hauses, Fräulein Christine Brick, die in späteren Jahren als ‚Tante Brick' von Storms Kindern geliebt und im Kloster St. Jürgen gerne besucht wurde", seinen Haushalt. „Sie gehörte zu den einsamen Menschen; ihre Eltern waren lange tot, die Geschwister verheiratet. So kehrte sie gern in der Erinnerung in die

Zeit ihrer Jugend zurück. Tante Brick wußte Storm sein Heim wohnlich und behaglich zu gestalten. Mitunter, in der von Storm so geliebten Dämmerstunde, erzählte sie ihm von ihrem einfach verflossenen Leben. Daraus entnahm der Dichter den Stoff seiner ersten Novelle ‚Marthe und ihre Uhr'. Die alte Dame soll recht böse geworden sein, wie sie darin ein Stück ihres Lebens wiederfand" (Gertrud Storm).

An die Jahre der Studentenzeit knüpft auch die Weihnachtsepisode „Da stand das Kind am Wege" aus der Novelle „Immensee" an, für die Storm die Anregung empfangen hat, als er sich in einer Gesellschaft befand, „wo man eine junge Dame erwartete, die aber nicht erschien; es wurde dann erzählt, ein älterer reicher, als nüchtern geschäftsmäßig charakterisierter Mann habe um sie angehalten und sei diese Verlobung eine Werk der Mutter" (Paul Schütze). Entstanden ist die Novelle 1849, als der Krieg gegen die schleswig-holsteinische Unabhängigkeitsbewegung erneuert worden war. Wie Theodor Storm immer dann, wenn er durch die „schleswig-holst. Verhältnisse politisch aufgeregt" war, „vermöge eines seltsamen Widerspruchs in der menschlichen Natur ... durch unabweisbaren Drang zur Märchendichtung getrieben" worden zu sein scheint, so läßt sich hierfür in der Folgezeit für die Weihnachtsdichtung insgesamt ähnliches feststellen.

Das Gedicht „Weihnachtabend" mit seinen Anfangszeilen „Die fremde Stadt durchschritt ich sorgenvoll" entstand 1852/53, als Storm sich nach der unglücklichen Niederlage der schleswig-holsteinischen Armee bei Idstedt und der Unterwerfung unter die dänische Herrschaft außer Landes begeben mußte und sich deshalb in Berlin um eine Stelle im preußischen Justizdienst bewarb. Im November 1862, während der Dichter im Heiligenstädter Exil lebte, entstand die Erzählung „Unter dem Tannenbaum", der die Kindheits- und vor allem Heimaterinnerungen des Dichters zugrunde liegen. Der Ort der Handlung ist Heiligenstadt. Während eines Besuches in Husum im Sommer 1862 erhielt Storm die Anregung zu der Novelle „Abseits", die dann in der ersten Hälfte des Jahres 1863 entstanden ist, als die innenpolitische Lage in Preußen zunächst keine Hoffnung für die Lösung der schleswig-holsteinischen Frage erkennen ließ, bis sich diese dann Ende 1863/Anfang 1864 doch zuspitzte. Dem Freischärler Christian in der Novelle hat wahrscheinlich Storms Bruder Otto zum Vorbild gedient, der 1848 freiwillig als Jäger in die schleswig-holsteinische Armee eingetreten war.

Sieht man von der Schilderung eines Weihnachtsfestes in der 1866 bis 1876 entstandenen Novelle „Carsten Curator" ab, so hat sich Storm in späteren Jahren dieses Themas nicht mehr angenommen. „Eine rechte Weihnachtsstimmung wollte in diesem Jahre (1865) nicht aufkommen" (Gertrud Storm), und auch später, 1880, schreibt Storm an seine Tochter Lisbeth: „Da ist denn der Weihnachtsabend vor der Tür, und ich fühle es recht schmerzlich, daß wir gar so sehr getrennt sind. Es ist recht schön, der Mittelpunkt einer großen Familie zu sein; aber wenn so ein alter Mensch sich in so viele Teile spalten soll!" (Briefe an seine Kinder).

Ergreifend ist die Schilderung Gertrud Storms von dem Weihnachtsfest 1887, dem letzten Weihnachtsfest, das der Dichter vor seinem Tod am 4. Juli 1888 erleben durfte: „Die mit aller Märchenherrlichkeit behangene Tanne stand unten im großen Zimmer. Wie in jedem Jahre, traf Karl am Abend vor dem Feste ein, um noch beim Vergolden und Schmücken des Weihnachtsbaumes zu helfen. Das schönste Weihnachtsgeschenk war allen in der Genesung des Vaters beschert worden. Die Kerzen am Christbaume wurden angezündet, die Flügeltüren nach dem Eßzimmer geöffnet, Karl begann auf dem Klavier leise ‚Stille Nacht, heilige Nacht‘ zu spielen und alle stimmten ein. Storm stand auf der Schwelle des Weihnachtszimmers und hatte einen Arm um seine Frau gelegt. Als die erste Strophe zu Ende gesungen und das ‚Schlaf‘ in seliger Ruh‘ verklungen war, breitete Storm die Arme aus und aus seinen Augen flossen Tränen. ‚Singt nicht weiter‘, bat er, ‚unten in Bayern ist ein einsames Grab*, darüber weht der Wind und der Schnee fällt in großen Flocken darauf.‘ Da beschlich alle die bange Ahnung, daß sie wohl zum letzten Male mit dem Vater unter dem Weihnachtsbaume stehen würden. Seine Kinder traten still zu ihm, führten ihn zu den ihm bestimmten Gaben und leiteten so seine Gedanken von dem toten Kinde zu den lebenden.“

Zur Textgestaltung

Dem vorliegenden Text liegt der genaue Wortlaut der kritischen Ausgabe von Theodor Storms „Sämtlichen Werken“ zugrunde, die, von Peter Goldammer herausgegeben, jetzt in der 3. Auflage im Aufbau-Verlag, Berlin und Weimar, vorliegt. Die Texte dieser Ausgabe beruhen im allgemeinen auf der von Albert Köster besorgten achtbändigen kritischen Ausgabe des Insel-Verlages, Leipzig 1919 f., sind jedoch redaktionell noch einmal durchgesehen. Orthographie und Interpunktion sind in der Ausgabe des Aufbau-Verlages modernisiert, wobei jedoch Eigenheiten des Sprachstils des Dichters gewahrt blieben.

---

* Theodor Storms ältester Sohn Hans war am 5. Dezember 1886 in Aschaffenburg gestorben.

Anmerkungen

Die Ziffern vor den Anmerkungen bezeichnen die Seiten.

8 *Ratsverwandter:* Ratsherr.

9 *Pesel:* Großer Speise- und Festraum im Erdgeschoß des niedersächsischen Hauses.

Folium (lat.): Blatt.

11 *Schwesterland:* Holstein.

12 *Pochbrett:* Poch ist ein Glücksspiel für drei bis sechs Personen.

14 *Neujahrslied von Johann Heinrich Voß:* „Empfang des Neujahrs" mit dem Anfang: „Des Jahres letzte Stunde ertönt mit ernstem Schlag".

20 *Kontusche:* Mantelartiger Überwurf der Rokokozeit.

Otto Speckter: Mit Storm befreundeter Zeichner und Radierer (1807—1871).

22 *Tragant* (lat.): Hier: eine Art Zuckergebäck.

Cervus lucanus (lat.): Hirschkäfer.

34 *Bischof:* Glühwein.

42 *Bekassine:* Sumpf- oder Moorschnepfe.

46 *Verspruch:* Verlobung.

48 *Beischlag:* Vorbau vor dem Hauseingang mit Treppenstufen.

53 *Verziehen:* hier: verweilen.

55 *Numa Pompilius:* Der Sage nach der zweite König Roms (715—672 v. Chr.).

59 *Wildschur:* Schwerer Reisepelz, Pelzmütze.

61 *Hoffegut:* Gestalt aus Goethes Nachdichtung der „Vögel" des Aristophanes.

Punktation (lat.): Vertragsentwurf.

63 *Weinkauf:* Mit dem Abschluß eines Geschäftes verbundene Feier.

Inhaltsverzeichnis

Zum Weihnachten (Gedicht) 5

Unter dem Tannenbaum 6
   Hierin enthalten: Knecht Ruprecht (Gedicht) 17

Weihnachtabend (Gedicht) 27

Da stand das Kind am Wege 28

Marthe und ihre Uhr 32

Weihnachtsabend (Gedicht) 38

Abseits 40

Weihnachtslied (Gedicht) 64

Nachwort 65

Anmerkungen 68

Storm im HUSUM TASCHENBUCH

Gedichte
Hrsg. von Karl Ernst Laage und Ingwert Paulsen jr.
10. Auflage, 88 Seiten, broschiert

Immensee
Hrsg. von Ingwert Paulsen jr.
3. Auflage, 47 Seiten, broschiert

Märchen
Hrsg. von Ingwert Paulsen jr.
7. Auflage, 102 Seiten, broschiert

Pole Poppenspäler
Hrsg. von Ingwert Paulsen jr.
54 Seiten, broschiert

Der Schimmelreiter
Hrsg. von Ingwert Paulsen jr.
9. Auflage, 108 Seiten, broschiert

Viola tricolor
Hrsg. von Karl Ernst Laage
3. Auflage, 38 Seiten, broschiert

Weihnachtsgeschichten
Hrsg. von Ingwert Paulsen jr.
9. Auflage, 69 Seiten, broschiert

Zur „Wald- und Wasserfreude"
Hrsg. von Karl Ernst Laage
55 Seiten, broschiert

Karl Ernst Laage
Theodor Storm — Leben und Werk
6. Auflage, 118 Seiten, 8 Bildseiten, broschiert

HUSUM DRUCK- UND VERLAGSGESELLSCHAFT
Postfach 1480 · D-25804 Husum

Regionalia im HUSUM TASCHENBUCH

Anekdoten aus Baden-Württemberg · aus Bayern · aus Berlin · aus Brandenburg · aus Hamburg · aus Hessen · aus Mecklenburg-Vorpommern · aus Niedersachsen · aus Ostpreußen · aus Pommern · aus Sachsen · aus Sachsen-Anhalt · aus Schlesien · aus Schleswig-Holstein 1 · aus Schleswig-Holstein 2 · aus Thüringen · aus Westfalen · vom Militär – **Entdecken und erleben (Reiseführer):** Mecklenburg-Vorpommerns Kunst · Niedersachsens Kunst · Niedersachsens Literatur · Ostpreußens Literatur · Schleswig-Holsteins Geschichte · Schleswig-Holsteins Kunst · Schleswig-Holsteins Literatur – **Im Gedicht:** Berlin · Niedersachsen · Schleswig-Holstein – **Humor** aus Schlesien – Schlesische **Kinderreime** – **Kinder- und Jugendspiele** aus Schleswig-Holstein 1 · aus Schleswig-Holstein 2 · aus Schleswig-Holstein 3 · aus Westfalen – **Kindheitserinnerungen** aus Berlin · aus Hamburg · aus Köln · vom Niederrhein · aus Oberschlesien · aus Ostpreußen · aus Pommern · aus Sachsen · aus Schlesien · aus Schleswig-Holstein · aus Westfalen – **Komponisten** aus Schleswig-Holstein – **Krippengeschichten** aus Deutschland – **Legenden** der kanadischen Indianer – **Lügengeschichten** aus Schleswig-Holstein – **Märchen** aus Baden-Württemberg · aus Mecklenburg · aus Niedersachsen · aus Schleswig-Holstein · aus Westfalen – **Redensarten** aus Hessen – **Aus dem Sagenschatz** der Brandenburger und Schlesier · der Franken · der Hessen · der Niedersachsen und Westfalen · der Österreicher · der Ostpreußen und Pommern · der Sachsen · der Schleswig-Holsteiner und Mecklenburger · der Schwaben · der Thüringer – **Volkssagen** aus Niedersachsen – **Sagen** aus Baden-Württemberg · aus Franken · aus Hamburg · aus Mecklenburg · aus Schlesien · aus Schleswig-Holstein · aus Südtirol · aus Westfalen – **Schulerinnerungen** aus Franken · aus Hamburg · aus Mecklenburg · aus Niedersachsen · aus Ostpreußen · aus Schleswig-Holstein – **Schwänke** aus Bayern · aus Franken · aus Niedersachsen · aus Schleswig-Holstein · aus Schwaben – **Sprichwörter** aus Hessen · **Sprichwörter und Redensarten** aus Mecklenburg · aus Schleswig-Holstein – **Plattdeutsche Sprichwörter** aus Niedersachsen – **Weihnachtsgeschichten** aus Baden · aus Bayern · aus Berlin · aus Brandenburg · aus Bremen · aus Franken · aus Hamburg · aus Hessen · aus Köln · aus Mecklenburg · aus München · vom Niederrhein · aus Niedersachsen · aus Oberschlesien · aus Ostpreußen · aus Pommern · aus dem Rheinland und der Pfalz · aus Sachsen · aus Schlesien · aus Schleswig-Holstein 1 · aus Schleswig-Holstein 2 · aus Schwaben · aus dem Sudetenland · aus Thüringen · aus Westfalen · aus Württemberg – **Weihnachtsmärchen und Weihnachtssagen** aus Schleswig-Holstein – **Witze** aus Hamburg · aus Mecklenburg · aus Ostpreußen · aus Pommern · aus Sachsen · aus Schleswig-Holstein

HUSUM HUSUM DRUCK- UND VERLAGSGESELLSCHAFT
Postfach 1480 · D-25804 Husum